Otto Pötter

Ems

Otto Pötter

Ems

Soweit alles im Fluss

Geschichten mit Nostalgie und mehr
für Liegestuhl und Leselämpchen

Aschendorff
Verlag

Münster
2024

Bilder und Illustrationen von Markus Pötter, Dresden

www.aschendorff-buchverlag.de

Printed in Germany 2024

ISBN 978-3-402-25149-2

Andreas
Tobias
Markus

Mit euch
war hier natürlich
alles noch viel schöner

Inhalt

Groß sein kann, was klein begann

Im Gebiet der ältesten Binnendünen Nordwestdeutschlands quellen aus einem Seitengebiet des Naturschutzgebietes Moosheide, in der Nähe von Paderborn, die ersten Rinnsale der Ems unscheinbar aus dem kieferbeschatteten Sandboden der Sennelandschaft. Als ich dort vor Jahren neben meiner alten Gazelle stand, um den Emsradweg von der Quelle bis zur Mündung abzustrampeln, ging mir gleich eine Schlagerfuge durch den Kopf: „Erst fang'n wer ganz langsam an, aber dann, aber dann ..." Dem Standort angemessener ließe sich auch sagen: Groß sein kann, was klein begann.

Wer sich hier umschaut, glaubt es kaum, dass auf der Ems, kurz vor ihrer Mündung in die Nordsee, ab Papenburg, die größten Kreuzfahrtschiffe in Richtung der Weltmeere gelotst werden. Auch ich fragte mich in der Senne: „Wo ist sie denn, die Ems?" Wo genau entspringt sie hier? Ich schaute mich um, lief hin und her, entdeckte aber nichts Spektakuläres. „Springen", davon konnte erst recht keine Rede sein. Man muss schon genauer hinschauen. War das hier bereits das erste, aber bestimmende Merkmal dieser Wasserader?

Tropfen quillen hier und da zwischen Nadel- und Blätterstreu, umkringeln schwarze Krähenbeeren. Wulstige Wurzelstränge um borkige Kiefernstämme glänzen feucht. Wasserperlen kullern von knuffigen Kieseln unter den bedürfnislosen Blattscheiden der Sandsegge. Aber siehe da: Nicht weit entfernt schlingern die ersten unscheinbaren Rinnsale um Rauken, sabbern am Schachtelhalm und erquicken hängende Farnquasten, die wie grüne Fächer im feinen Luftstrom wedeln. Darunter und daneben laufen schon mal aufgeschwollene Moospolster wie klitschnasse Schwämmchen über. Was sich da triefend, windend und wendend regt, beginnt bereits in der nächsten Geraden spärlich zu fließen. Bei willigem Hinhören blubbert es schon aufwallend, wie wenn schliddernde Rinnsale sich gefunden hätten. Der tollpatschige Lauf schlängelt sich zwar noch unbeholfen, aber irgendwie zielgerichtet. Das Fließen wird drängender und – siehe da – wenn auch noch klein und flach, so ist es weiter hinten schon ein Bach. Aus klein wird groß. Groß sein kann, was klein begann.

Was sich dort nahe des Teutoburger Südwesthangs, ja, da wo einst 9 n.Chr. die Germanen unter Arminius die Truppen des römischen Feldherrn Varus besiegten, was sich da als eigenständiger Wasserlauf behauptet, schwillt mehr und mehr an zu einem Fluss: die Ems. Es zeigt sich schon Größe. Nun ist Größe ja relativ. Aber sich in seiner Begrenztheit zu behaupten, zeigt auch Größe.

In der Nähe von Rietberg und Wiedenbrück beginnt unweit von Harsewinkel ihr Weg durch das Münsterland über Warendorf nach Telgte. Telgte steht für emswestfälische Glaubenstreue, seelenfest verankert: „Mit Gott fang an, mit Gott hör auf, das ist der beste Lebenslauf." Diese und ähnliche Sinnsprüche lassen sich emsauf, emsab an zahlreichen giebeltragenden Querbalken der Fachwerkhäuser ablesen; manchmal gar komplette Bekenntnisse: „Dies Haus ist mein und doch nicht mein. Der nach mir kommt, kann's auch nur leih'n. Und wird's dem Dritten übergeben, kann er es auch nicht überleben. Den Vierten trägt man auch hinaus; sag, wem gehört nun dieses Haus?" Quintessenz: Die Vergangenheit begegnet uns jeden Tag. Ist auch das meiste temporär, was weiterwirkt kommt oft weit her. Drum nimm dich ernst, aber nicht wichtig. Auf Platt: „De Fensters nao Gott sind kiene Schaufenster." Neutral gesagt: Das Wesentliche will nicht umprahlt sein.

Hier lässt man die Kirche im Dorf. Dennoch kann sich in Telgte das sehen lassen, was Volksfrömmigkeit auch heute noch ausmacht. Da lässt prozessionslanges Gebetsgesumm bei Glockengeläut die Agnostiker verstummen. Hier zeigt sich Ergriffenheit, statt religiöses Schauspiel. Wenn sich beim Überschreiten der Ems die Erschöpfung in lautem Lobgesang entlädt und die Gnadenkapelle mit dem Abbild der Schmerzhaften Gottesmutter weit geöffnet ist, senken dort die Bannerträger ehrfurchtsvoll ihre Fahnen. Und das seit 1654, „in Treue fest", wie es goldgestickt am Fahnenschweif verewigt ist. Keiner wagt es, die feierliche Anmut zu stören. Hat nicht jeder sein Päckchen zu tragen? Wer kennt sie nicht, Stunden der Not und Ausweglosigkeit, wo man nicht mehr weiterweiß, Stunden der Einsamkeit, der Verlassenheit. Andere haben vielleicht mit Krankheiten zu kämpfen und wieder andere sorgen sich um gefährdete Familienangehörige oder trauern um einen lieben Verstorbenen. Wo ist schon nichts? „Wo scheinbar nix is, is zweimal was", so heißt es hier. Dazu kommt gerade heute die Angst vor einem Unheil, das keiner ohne Befürchtung auszudrücken wagt.

Soweit alles im Fluss? Komme da keiner mit fleckigen Floskeln. Tu du das Deine, dann tut Gott das Seine, „dann löpp et". Dann mangelt es nicht an innerer Zuversicht. Das setzt eine bejahte Vision voraus, die über Angst und Sorgen hinausschauen lässt, die mit Schwung und Elan ermutigt. Dahinter steckt dann wohl auch ein starkes *Wofür,* was jedes *Warum* überwindet. „Dann will wi es kieken". Dann ist auch sicher wieder soweit alles im Fluss.

Mit der Ems läuft's so weiter von Telgte aus über Greven und Emsdetten auf Rheine hinzu; Rheine *die Stadt an der Ems.* Bei den Ortsbezeichnungen findet sich jetzt öfter der Hinweis *an der Ems.* Und gleich fällt auf: Der Blick erhebt sich zur alten Stadt- und Marktkirche St. Dionysius, die mit der Stadtgründung schon vor über einem halben Jahrtausend an der ehemals bedeutenden Emsfurt errichtet wurde. Angesichts der leeren Kirchen könnte die aktuelle Botschaft lauten: „Die Kirche lebt, wenn sie auch außerhalb der Kirche lebt." Dann wäre sie wahrlich wie ein Baum, der am Wasser gepflanzt ist (Ps 1,3). Wo Wasser ist, ist Leben. Da ist alles im Fluss. Mehr noch. Wo Leben ist, entsteht neues Leben. Resigniert und nur passiv da sein, tilgt Mut. Etwas tun hingegen, tut gut.

Ein Plakat verkündet: *Paddeln, statt daddeln*. Na bitte, das tut doch gut! Aktiv was tun. Das Plakat macht neugierig; nicht auf digitale Welten, sondern auf Passion und Natur. Drum schließen wir uns einfach mal für eine Weile dem Aufruf des Rheiner Kanuclubs *Emsstern* an. Immerhin ist es bis zur Emsmündung noch „was hin". Die Ems aber ist längst schon wassersporttauglich, aber nicht für Speedboote. Dafür ist über Doppel- oder Stechpaddel Muskelkraft als Antrieb gefragt. Aktiver Einsatz. Doch mit Maßen. Plitschplatsch und – wie schön – das Wasser gluckst in grazilen welligen Wogen entlang der schlanken Planken dahin.

Am Ufer umgrünen Wasserlinsen knisternd raschelnden Schilf. Wie mag es erst sein, wenn sich hier bleichfahl Nebelschleier winden? Maler schätzen das Licht, Dichter mehr das Unergründliche, wie wenn Sinneseindrücke sich klaftertief im Nebel verflüchtigen. Ruft dazu noch von Ferne im schwindenden Licht des Tages ein Käuzchen, könnte sich die Stirn der Spöökenkieker kräuseln. *Spökenkieker* (Wahrsager, Hellseher, Schicksalsdeuter) bezeichnet eine Gattung Mensch, die es nur hier an der Ems gibt. Aber auch sie können bei allem *Spöök* den Nebel nicht in Säcke packen.

Dagegen wird im Verkehrsfunk vor Nebel gewarnt. Für den Nebel sind wir zu schnell. Nebel fängt die Hektik ein, er bremst die Eile, nötigt zu Vorsicht und zwingt zur Achtsamkeit des Augenblicks. So ist Nebel nicht nur Angst, Einsamkeit und Grusel, er ist auch, das Ungewisse hinter sich lassend, Überraschung in Langsamkeit und Stille. Wie erquicklich dann, aus sich senkendem Dunst wieder aufschauen zu können. Als sei ein Tuch vom Wasser genommen ist gleich wieder alles im Fluss. All das kommt dem Emsnaturell entgegen. Wie gut, dass sie mit Nebel nicht spart, die Ems.

Es kann aber auch aus grauen Schichtwolken schauernd Regen rauschen. So wie jetzt. Es scheint, als würde gerade eine Wolke ausgewrungen. Doch da zeigt sich schon wieder ein Lichtblick. Und was für einer! In rinnenden Regentropfen funkelt das Sonnenlicht. Mücken umsirren das Boot. Von Ferne hallt das faunische Kichern eines Brachvogels. Plitsch, platsch ... Welch eine Wonne!

Vornweg verschmelzen schon mal Landschaft und Himmel. Der Blick schweift gedanklich über den Horizont hinaus, weit, hoch hinaus in den blaublaublauen Himmel. Was für ein Blau! Und das bis in unendlich ferne Weiten. Kurze Momente, die dazu verleiten, sich mit der Strömung einfach einen Moment treiben zu lassen – bis sich in diesem intensiven Augenblick der Horizont wieder schärft. Vielleicht haben wir gerade diese Erfahrung gemacht:

Statt immer nur zu leisten,
empfangen wir am meisten
durch Offenheit und Stille –
wenn zur Ruhe kommt der Wille.

Denn über jeden Willen wollen
willentlich wir mehr noch rollen;
bis letztlich kaum noch etwas glückt,
weil alles schwankt, bis dass es kippt.

Hoppla, nicht dass auch das Boot noch kippt … Doch sogleich ist wieder alles im Fluss.

Hier heißt es schon mal: „Ems, da lassen wir nix drauf kommen." Höchstens das Kanu. Und was ist, gerade einmal 100 Kilometer vom Quellgebiet der Ems entfernt, vom Kanu aus nicht alles zu sehen!

Emsstippende Angelruten
Wasserläufer auf sonnenspiegelnden Auentümpeln
Stille Buntbrachen
Weite Wiesen mit kauenden Kühen
Windwiegende Ähren
Struppige Kopfweiden
Mürbe Wiesenkaten mit verrutschten Dächern
Rostverkrustete Drahtzäune
Mä(h)ende Schafherden
Stille Pferdekoppeln
Wuchtige Findlinge
Pricke Höfe
Blumengeschmückte Herrgottswinkel
Stille Dorfkirchen
Bänke zum Klönen

Und immer wieder Originale, nicht wenige mit einer Haut wie Schmirgelpapier, grobkörnig, woraus aber ein verschmitztes Lächeln leuchtet. Man sieht es diesen Nonkonformisten an, sie können ungerührt „das Wasser über Gott's Land laufen" lassen. Wo auch immer.

Hinter dem romantisch im Wald gelegenen Kloster Bentlage, in Nähe der idyllischen Salinenanlagen am Rheiner Zoo, fließt die Ems weiter, über Salzbergen in den benachbarten Kreis Emsland. Hier prägt ihr Name einen bedeutenden Landkreis. Über das renaturierte ehemalige Listruper

Emswehr windet sich die Ems gen Lingen, diese schöne alte Emsstadt, die von 1597 bis 1702 noch als Stadt der Oranier zum Gebiet der Niederlande gehörte. Sie nimmt weiter ihren Lauf über Meppen, Haren, Lathen, Dörpen und Rhede.

Dass wir längst in den Weiten des flachen Emslandes sind, ist an den schwarzweiß gescheckten Kühen auf den endlos grünen Weiden zu erkennen. Diese Rindergattung wurde um 1800 aus den Niederlanden eingeführt, als die bis dahin rotbunte, krankheitsanfälligere Rasse mit einer halben Million Tieren an Rinderseuchen eingegangen war. Seitdem sind Ems- und Ostfriesland „schwarzbunt".

Bei Dörpen liegt der Zusammenfluss von Ems und Küstenkanal. Der verbindet über Oldenburg die Ems mit der Weser. Hinter Rhede ist die Ems eingedeicht. Für Deich und Ems bedeutet das ab hier: Vorsicht mit der Inkontinenz! Selbst ein Tröpfeln ist nicht mehr drin, sonst wär der Deich womöglich bald hin. „Emsdeich", wer weiß schon, dass diese seitlich der Ufer fest aufgeworfenen Schutzhügel als kilometerlange Flussbauwerke vom Bauvolumen her den Bau der Pyramiden weit übertreffen. Aber selbst so etwas hängt hier keiner an die große Glocke. Wer gut ist, macht Wichtiges so nebenher. Es zählt, worauf es ankommt.

Herden von zahllosen Schafen halten auf dem Emsdeich die Grasnarbe kurz und treten emsig mit ihren Hufen den Untergrund fest. Das „Mäh, mäh, mäh" ist weithin zu hören, bis hinauf nach Ostfriesland. Es ist ein beeindruckendes Bild, wenn eine Herde im großen Bogen um ein Dorf zieht. „Jedes Schaf hat eine eigene Stimme", nickt der Schäfer. Und alle zusammen bilden einen uneitlen Choral. Wie viele Schafe es sind? „Zähl doch", so der Schäfer schmunzelnd. Das Gewimmel lässt sich nicht sortieren. Es sind wohl ein paar hundert. „Und jedes ist anders, so wie die Leute", nickt der Schäfer und betont im Weggehen, „aber ich kenne sie". Er sagt es so bestimmt, als hätte Jesus gerade gesagt: „Ich kenne meine Schafe" (Joh 10,27–29).

Es gibt Begegnungen, da vermischen sich unvermittelt Welten. Auch das gehört zur Ems. Da spricht nur die Natur und der Wind umsäuselt Wesentliches oder haucht Störendes weit fort. Die Ruhe schenkt dem Eigentlichen mehr Raum. Diese Ruhe ist hier oben zwischen den Mulden der Deiche geradezu fühlbar.

Die Ems strebt, nun quasi „kultiviert", über die ostfriesischen Städte Weener und Leer auf die alte See- und Handelsstadt Emden zu. Hier in der Nähe musste der 1401 in Hamburg öffentlich hingerichtete Seeräuber Störtebecker (* 1360) nach verlorenem Kampf in der Emsmündung klein beigeben. Hätte er sich doch erst gar nicht hierhergewagt, denn so Typen wie er sind Emsländern gar nicht gut gewogen. Hier gilt: „Tue recht und scheue niemand." Bloß keine krummen Sachen. Oberstes Emsgebot ist bis heute: „Unrecht Gut gedeihet nicht." Dann schäumt selbst die Ems schon mal. Kein Problem, denn hier oben hat sie sich mit gut fünfhundert Metern bereits mächtig breit gemacht. Und doch …

Als wolle sie nun noch mal so richtig tiefstapeln, durchfließt *Amisia,* so ihr lateinischer Ursprungsname, bei Pogum die tiefste Fläche Deutschlands. Da hinten im Rheiderland gleitet sie bei 2,50 Meter unter Normal Null ausgedehnt gelassen dahin. Dort, am „Endje von de Welt" ergießt sie sich in die weite Dollartmündung vor Borkum in die Nordsee. Und das mit täglich rund einer Milliarde Kubikmeter Wasser. Unglaublich. Groß sein kann, was klein begann.

Dort ist auch von den einst so vielen Emsfähren noch immer die nördlichste Motorfähre von Ditzum nach Petkum in Betrieb. Für die Ems heißt es ab hier: „Ahoi!" Doch die große Fahrt überlässt sie den andern.

Ich dreh mich um und richte den Blick von außen wieder „nach binnen". Gern noch einmal retour. Wieder heim, zur Quelle. Warum nicht? Nicht nur in der großen weiten Welt lässt sich viel erleben, hier, „längs der Ems", gibt es auch viel Schönes, was aufmuntert und erzählenswert ist. In diesem Buch steht einiges davon.

Vom Rauschen und Lauschen

Die Redewendung, es sei alles im Fluss, heißt ja sinngemäß, dass „es läuft". Analog zeigt sich uns der Fluss dabei sowohl als ein ruhig dahinfließender Wasserlauf, ein anderes Mal mit schäumenden Wellenkronen, mal aufbegehrend, mal gelassen, herausfordernd oder zurückhaltend, ermutigend oder tröstend. Wie halt oft das Leben so spielt. Mehr noch. In stillen Momenten ist es, als flüstere er uns durch sein Rauschen einmütig etwas zu. Seichtes Rauschen stimuliert die Sinne.

Mir fällt dazu der Titel eines alten Schlagers ein: „Leise rauscht es am Missouri". Passt das auch zur Ems? Gibt es überhaupt Lieder von der Ems? Einen Titel kenne ich: „Wie London an der Themse, liegt Haren an der Emse." Na ja, das wäre ja schon mal was. Geht mir das auch einen Finger breit über die Hutschnur, geht's wenigstens nicht unter die Gürtellinie. Wenigstens das würde zur Ems passen. Und das Rauschen im Vergleich zum Missouri?

Mir drängt sich der Vergleich nicht von ungefähr auf. Vor Jahren stand ich einmal in der Nähe von Saint Joseph am Missouri. Doch da rauschte nichts. Und leise war es da auch nicht. Umso dröhnender hin und wieder das weithin hallende Tuten tuckernder Frachter. Nicht gerade romantisch. Noch weniger romantisch wähnte ich hinter mir noch immer das Getrappel der verwegenen Pony-ExpressReiter auf ihrer Flucht vor Jesse James, der hier in Saint Joseph 1882 so starb, wie er lebte, durch 8-mm-Revolverkugeln, die Trommel gleich ratzfatz leergeschossen. Na ja, wenn schon, denn schon. So war er dort, „der wilde, wilde Westen". Auch wieder so ein Schlager mit ausgeleiertem Refrain. Und das selbstredend auch noch „aus einem Studio in Maschen“. Da braucht’s schon einen Cowboyhut, um textsicher zu bleiben. Also doch lieber die leise rauschende Missouri-Variante? Und die Ems? Hat sie im Vergleich dazu diesen ganzen Schnulzenkitsch überhaupt nötig?

Ponys und Pferde gibt’s auch an der Ems, zu Karneval auch Cowboyhüte. Und statt trappelnder Mustangs in weiter Prärie, preschen hier sogar Füchse im Galopp über sattgrüne Wiesen, da, wo auch noch Haflinger weiden und Oldenburger ihre Ohren aufrichten, wenn die Stuten mit den Hufen scharren. Das emsgeprägte Münsterland ist erste deutsche Pferderegion. Auch ist und war der Westen hier, bis auf die Scharmützel mit den Römern, nicht gerade wild; der Nordwesten schon gar nicht. Ob das mit der Ems zu tun hat? Wer weiß.

Stehe ich allein an irgendeiner abgeschiedenen Ufersenke der Ems, stehe ich da und staune. Ja, sie rauscht, die Ems. Leise. Mehr murmelnd, unergründlich, irgendwie vielsagend, aber nichts Beunruhigendes. Mein Blick nimmt wahr, wie friedvoll ruhig da im Moment alles so hinwärts fließt. Einig mit mir selbst, geht mir auf: Soweit alles im Fluss.

Die Ems ist von den deutschlandweit 900 Flüssen der kleinste, obwohl Naseweise dann gleich auf die Pader pochen. Was soll’s? Sollen denn knapp 4 Kilometer gleich schon als Fluss durchgehen? Der Pader mag das reichen. Damit kann sie sich wenigstens durch Paderborn winden. Aber reicht das, um als Fluss zu gelten? Zumindest ist das kein Vergleich zur Ems. Wenn auch nur mit 362 km ist die Ems dagegen wahrlich ein Fluss. Auch wenn sie darüber im fernen Saint Joseph lachen würden; der Missouri misst immerhin gut 4.000 Kilometer. Sollen sie da doch lachen und in Paderborn sich ereifern. Die Ems scheut keine Vergleiche. Als Kreuzworträtselfrage reichen für diesen *kleinsten Fluss Deutschlands* drei Buchstaben: *Ems.* Und er liegt in:

Nordwestdeutschland. Das steht nicht nur für saisonal begleitete Krötenwanderungen. Es steht für Wind und Wolken. Für die Menschen an der Ems sind die Wolken Himmelsgebirge, kosmische Höhenzüge mit wechselnden Ansichten, im Aufschauen erhebend. Stimmungsstimulierend. Wie leblos wäre der Himmel ohne Wolken, wie erstarrt wohl ohne Wind ...

Doch auch ohne alle Wetter kommt zur rechten Zeit für manches Blatt der Moment, dass es sich vom Ast lösen muss. Dann fällt es. Aber nicht plump. Nein, es wedelt leichthin zu Boden, sanft auf der Wiese oder dem Wegrain ankommend. Es ist, als hielte sich der Wind bei diesem leisen, tänzelnden Abgang eine Weile ehrfurchtsvoll zurück – bis bald darauf sogar Böen wohl die Blätter wirbeln lassen.

Das freie Spiel der Kräfte entfesselt Energie. *Nordwest* steht denn auch für Windkraft, umsichtiges Handeln und eine nachhaltige Landwirtschaft samt junger Start-up-Unternehmen, die innovativ eine lebenswerte Zukunft im Blick haben.

Es ist wohl so, Land schafft Landschaft und im Erleben der Landschaft bilden sich die landestypischen Charaktere. An der Ems kommt noch eines hinzu. Hier ist es besser, mit Charakter auch mal Fehler zu machen, als ohne Charakter keine. So menschelt es.

Wenn Tradition die Überlieferung von Werten und Normen bedeutet, so schaut man hier mehr auf die Absicht als auf den Effekt. Insofern lässt sich sagen, dass die Tradition uns in dem, was wir tun, Rückendeckung gibt. Vergangenheit vergeht nicht so leicht, wie es oft den Anschein hat. Wirkung und Auswirkung haben ihre Gründe – und Hintergründe. Nichts kommt von ungefähr.

So erzählen auch nostalgische Geschichten gerne „was von früher“, wobei sich in dichterischer Freiheit durchaus Überzeichnungen zeigen können, um Wesentliches deutlicher hervorzuheben.

Aus den Geschichten dieses Buches funkelt eine typische Emsart, die des verhaltenen Humors, der nicht zum Lachen, sondern vielmehr zum vergnügten Schmunzeln reizt. Im Plattdeutschen zeigt sich das in den typischen *Döönkes* (vom plattd. *doon,* tun; es wird etwas erzählt, was sich so tut). Die hochdeutsche Form, wie in diesem Buch, wäre *das Klöönken.* Was hier steht, ist denn auch kein Rapport. Dafür schichten die Geschichten möglicherweise das eine oder andere gar um. Sollen sie. Schön, wenn rührende Reminiszenzen mit einem emstypischen Hauch Humor das Herz weiten. Das ist so wie mit dem Flair alter Räume, deren Bouquet sogleich die Sinne sättigt. Ich schließe dann wohlig meine Augen und atme tief durch, um mich gestärkt daraus zu lösen. Ein Tripp in die Illusion? Ja, gerne. Desillusioniert hingegen nicht viel zu oft das Diffizile?

Wie die Landkarte nicht die Landschaft ersetzt, sind auch die Ems und die Aura der Ems zweierlei. Wer selbst nicht genau hinschaut, verfällt flachen Klischees. Zum Abwinken denn auch all das stereotype Gewäsch über uns Emsgetaufte. Um es als Abklatsch hier nicht auch noch durchzuwalken, beschränke ich mich auf ein emstypisches Adjektiv: *eigenwillig.* Es betont den eigenen Willen, was aber nicht mit „stur" gleichzusetzen ist. Angemessene Eigenwilligkeit kann auch *Stil* haben. Deshalb passen aufgetakelte Stimmungen ohne Stimmigkeit nicht zum Emsnaturell. Das soll dann ja doch mal wieder nur so was sein. Wir lassen das gern außen vor, vor Haustüren ohne Bimmel-la-bim, aber mit Schlagklopfer. Stur? Sollen sich doch die Eiferer mit ihren naseweisen Kurzsichtigkeiten bestätigt fühlen. Wir sehen es wie die Schäfer: „Mal wieder viel Geschrei und wenig Wolle!"

Im Wettbewerb der Eitelkeiten scheint es mir manchmal so, als wolle man in einer Kochshow aus einem Eintopf einen Zweitopf machen. Da reichen zwei Küchen nicht für ein Gericht. Noch eher etwas angerichtet ist, liegt bereits das Geplapper beim Geklapper schwer im Magen. Nein, so nicht. Hier ist das anders. Stehen beispielsweise im Garten die Bohnen gut, „kann man da wohl gut was mit machen";

stehen sie aber prächtig, so sind das irgendwie „unwiese Bohnen".

Also bitte nicht gleich so bonfortionös. Es ist ja doch meist „viel Wind um nix", was über Normal sich zeigt. Drum lassen wir uns gar nicht gern von Schaumschlägern zuzelebrieren. Wir weigern uns auch, in allen Pötten zu rühren. „Pott auf Deckel" aber sollte schon passen. Dann sind wir auch Feuer und Flamme. Doch gehen wir jubelnden Juxereien aus dem Wege. Sollen andere uns doch „die mäßig Vergnügten" nennen. Na und? Wir nicken, wenn es heißt: „Alles mit Maßen." Dabei braucht sich wenigstens keiner verbiegen.

„Nimm mich, wie Gott mich gemacht, und leih mir keine fremden Züge"; emstypisch kann das so nur jemand von hier gesagt haben, Annette von Droste-Hülshoff (1797–1848). Authentizität zeigt sich nicht im Mainstream, sondern gegen ihn; originelle Weisen, statt Geblase. Ich könnte mir auch keine Ems mit tutenden Frachtern oder schnaufend aufwühlenden Schaufelraddampfern vorstellen. Nebenbei bemerkt heißt der maßlose Missouri-River wegen seines auf weiten Strecken hin aufgewühlten Schlammschlicks „*Big Muddy*". Wie urig genuin dagegen die Ems als flaches Fließgewässer.

Die Ems und die Emphase passen nicht zusammen, schon gar nicht mit touristischem Firlefanz oder Public-Relations-Kiki.

Wie bei allen anderen Flüssen ist auch bei der Ems nicht alles superb. Auch die Ems fließt nicht nur durch paradiesische Landschaften. Es braucht hier und da auch Kläranlagen, um Schmutziges auszuwaschen. Menschlich ist das nicht anders, wenn als seelische Entsorgungsflüssigkeit auch mal Tränen fließen. Weg also mit all dem verklärten Heimatkitsch. Warum sollte hier alles besser und schöner sein als anderswo? Mit all diesem Tamtam und Schramschram ist es nicht weit bis Plemplem. Nein.

Wir brauchen kein angstminderndes Klöppeln in den Spinnstuben der Heimatvereine. Wir packen das schon, „wenn was is". Man schaue sich nur um, „gibt genug zu tun". Und ist's gut geschafft, „dann gönnen wir uns wohl auch mal einen" – oder zwei.

Weil im Temperament nicht überschäumend, sind Emsländer keine Sekttrinker. Was „kühles Blondes" aber passt zum Norden. Und zum Nordwesten passt auch noch wohl „ein Kurzer" dazu. So etwas nennt man hier *Gedeck.* Kurze sind aus Korn, „aus sonst anders nix". Immerhin gilt deutschlandweit Haselünne als „die Kornkammer des Nordens". Da brennen sie schon seit Generationen ihren feinen *Ur-Korn.* Und im münsterländischen Schöppingen reift der traditionsreiche *Lagerkorn* in großporigen, gerbstoffreichen Eichenfässern. Der wurde schon mal bei der *International Wine and Spirits Competition* in London als „bester Whisky Kontinentaleuropas" ausgezeichnet! Selbst so was hängt hier keiner an die große Glocke. Aber in gemütlicher Runde kann man da schon mal bei einem Gläschen drüber reden. So denn: Wohlsein.

Wohlsein

Ist Visite zu erwarten, sollte nicht nur der Tisch stilvoll gedeckt sein; aufmerksame Gastgeber machen sich vorher auch Gedanken darüber, welche „Räppelchen“ vielleicht den Besuch erfreuen könnten. So einfach ist das ja heute alles nicht mehr, wenn Gäste erwartet werden. Als Tortennachtisch wäre da selbst der hochfeine Quittenlikör für Abstinenzler ebenso fehl am Platze wie Plätzchen für Zuckerfaster. Hingegen vermittelt eine üppige Schale mit hiesigem Obst auf dem Tisch sogleich die Botschaft, hier sei man bereit für die Fragen der Zeit! Im Wissen, dass Gäste sich vielleicht in abnehmender Phase befinden, könnte man als besonderes Event, statt des Kaffeekränzchens, bei Tafelwasser im Garten auch gemeinsam Obst pflücken. Ein Großteil vom Tafelobst könnte dann gleich noch der hiesigen Tafel zugutekommen. Es zeigt: Auf der Tafel der Sitten ist Kreativität die Kreide.

Was aber wäre die Kreativität ohne eine Affinität zum Wort? Daraus ergeben sich beim Besuch die Gesprächsthemen. Sie können für Emsanrainer eine wahre Herausforderung sein! Wer das hiesige Kommunikationsverhalten nicht kennt, könnte möglicherweise selbst sprachlos werden. Auch das wäre so heikel wiederum nicht. Denn sollt's am Tische still mal sein, fühlt man sich dennoch nicht allein; es brauchen ja auch die Gedanken so hin und wieder ihre Schranken. Das ist übrigens sehr *emstypisch,* denn so kann sich „das Sinnige“ besser entfalten. Hier kann man auch im Reigen wohl mal miteinander schweigen. Und doch:

Ohne Unterhaltung mangelt's an Gestaltung. Es muss ja nicht immer gleich so tiefschürfend sein. Es gibt auch noch den Smalltalk. Was das ist? Ganz einfach. Man schaue sich einfach nur um. Was man sieht, davon lässt sich auch sprechen. Anderen hilft ein Leitwort, beispielweise Wetter oder Gesundheit. Gleich mit der Gesundheit wäre denn auch wohl *Wohlsein* ein beliebtes Leitwort. Verständlich, dass alles Reden über diesen Begriff schon mal nicht schlecht sein kann. Kommt auf diese Weise ein Wort zum anderen, so läuft es auch schon mit der Unterhaltung.

So auch einst bei Änne und Alfons.

Änne und Alfons hatten Franz und Mimi zu Besuch eingeladen. Um nicht nur stumm am Tisch zu sitzen, brauchte es einige interessante Themen. Gott Dank war Mimi nicht auf den Mund gefallen. Sie sagte auch gleich am gedeckten Tisch: „Oh, das is aber leckern Kaffe". So sprechen wir hier den Kaffee aus, wenn wir ihn trinken. Drei Dinge ergeben an der Ems einen guten Kaffe: erstens Kaffe, zweitens Kaffesahne und drittens noch was an Kaffe nach. Das alles gerührt und nicht geschüttelt.

Änne meint dazu: „Ja, das is auch Bremer Kaffe. Der is an sich ganz gut wohl." Franz fragt verwundert: „Bremen? Is das da oben nich wohl alles SPD" Alfons nickt: „Jaja, je höher nördlich, je mehr SPD, obwohl das mit de SPD auch schon mal besser war."

Mimi lacht. „Un dann so 'n schwarzen Kaffe!" Darauf Änne: „Jaja, die Politikers. Wer kommt da schon raus klug? Aber tu doch ruhig noch was an Kaffesahne drin, dann is er nich ganz so schwatt." „Ja, da sag's auch was", sagt Mimi.

Franz stupst Alfons an: „Solls nich meinen, was se mir letztens zum Geburtstag geschenkt haben, neue Pantoffel." Alfons nickt. „Da is noch wohl Verstand bei. Die kann man immer gut brauchen. Auch schwarze?" „Nö, graue", antwortet Franz. Änne schaut auf. „Besser graue Pantoffel als graue Haare."

Oh, was ein Lachen.

„Lass män“, verkündet Franz, „gibt genug Frauleute, die stehen auf graue Schläfen!“ Oh ha. Mimi muss lachen: „Was du nich sags. Und dann auch noch mit graue Schlappen? Da red dir män nich was bei zurecht!“ Franz brabbelt ein wenig empört: „Also, ich will mal so sagen, nich wahr, das mit die grauen Haare und so, da is auch wohl trotz graue Schlappen was dran.“ Alfons nickt: „Jaja, das is wohl so.“ Er nickt weiter und bekennt, zu Franz gewandt: „Ich schwöre ja immer so auf diese, na, diese Methusalem-Pillen.“ Franz: „Ach, diese von den alten Stroganoff?“ Alfons: „Jaja, die tun mir an sich recht gut.“ Dabei sieht er geck seine Frau an und ermuntert sie: „Änne, nun sag du doch auch mal was!“ Änne winkt verlegen ab: „Ach, was soll ich dazu schon sagen? Ich sag mal so, Hauptsache wir bleiben alle gesund.“ Mimi nickt und betont: „Änne, wenn du das män weiß; können alle sagen, was se wollen, aber die Gesundheit, da geht nix über.“

Alfons erhebt sich und spricht: „Das is ’n Wort. Also, was die Gesundheit so anlangt, da haben wir noch wohl gut was für in‘ Keller. Ich hol da mal was.“ Änne schaut auf: „Langsam an. Es is doch noch taghell!“

Franz schaut irritiert auf und fragt: „Mimi, haben wir’s Gas eigentlich abgestellt?“ Darauf Mimi: „Ich wohl. Hauptsache du has da nich noch in de Küche dran rumgedreht“.

„Ich?“, so Franz erstaunt, „was sollt ich am Herd rumdrehen?“ „Dann is ja gut“, so Mimi, „dann soll unser Haus ja wohl auch nicht in die Luft fliegen.“

Alfons kommt mit einer Flasche wieder ins Zimmer und fragt neugierig: „Was? Wer ist denn jetzt schon wieder in die Luft geflogen?“ Franz winkt ab. „Keine Bange. Nix weiter. Ging nur ums Gas, unsern Gasherd. Alles soweit in Ordnung.“

„Jaja“, macht Alfons sich an der Flasche zu schaffen und betont: „Also das mit das Gas is ja nu auch schon wieder so alle was; wird auch nich billiger." Änne stöhnt auf und fragt geschraubt: „Was wird heutzutage schon billiger?" „Jaja", klagt Franz, „von uns können se es ja nehmen." Und beim Eingießen meint Alfons: „Drum lasst uns ab und zu lieber selber einen nehmen."

Ja, gerne wohl. Also: „Wohlsein!"

Der alte Recke und sein Räppelchen

Zum Wohlsein hilft's, wenn's obendrein
noch etwas gibt, um froh zu sein.
Da reicht oft eine Kleinigkeit,
die gleich dem Dasein Glanz verleiht.

Zu all dem passt wohl recht passabel, eine nette Emsvokabel: *Räppelchen*. Das muss nicht gleich Geld kosten. Wie gesagt reicht oft eine Kleinigkeit, die dem Dasein Glanz verleiht. Da gibt es viel, um sich zu entfalten und gut bei Laune sich zu halten. Ein schönes Hobby vielleicht? Auch hilft wohl noch als Retter, gelegentlich das Wetter.

Kamen seine Altvorderen auch aus dem Rheinland, war der alte *Homie* längst so etwas wie ein *Ems-Merkules*. Gayers Peter (1875–1962) war ein Unikum, zugleich war er mein Urgroßvater.

Außer Haus war er so etwas wie der Oberbefehlshaber von *Rheine-R*. Man sah es an seiner schmucken dunkelblauen Bundesbahnuniform mit Litzenkragen und mattgoldenen Knöpfen, samt einer rotgeränderten Schirmmütze, deren Kokarde wohl wie ein wachsames Auge den Bahnbetrieb überblickte. *Rheine-R*. So hieß der für den Bahnverkehr wichtige Rangierbahnhof von Rheine für Dampfloks, Knotenpunkt und Drehscheibe zugleich. Die kraftprotzenden Ungetüme wurden hier vor ihren großen Fahrten nicht nur sorgfältig inspiziert, hier wurden sie auch mit bis zu 10 Tonnen Steinkohle vollgepackt. Nicht genug damit ging es zuletzt noch an den „Kran", wo schon mal 30.000 Liter Wasser in den Tender (Dampflokvorratscontainer) rauschten.

Doch nicht, dass nach getanem Tagewerk der Gayer die Beine hochlegte, nein, gewechselt in den Feierabendmodus, wechselte auch gleich das Outfit. Denn gern bewegte sich mein Ahn auch noch auf den Brettern, die die Welt bedeuten. Als langjähriger Hauptdarsteller der Niederdeutschen Bühne schlüpfte er als Beau in den Frack oder als Vagabund in geflickte Latzhosen; egal was er spielte, selbst den Gauner spielte er so authentisch, dass die Gendarmen wohl hätten zu den Handschellen gegriffen. Die Rollentexte lernte er im Garten, gemessenen Schrittes die Beete durchschreitend. Bei bühnenfreien Tagen tauschte der alte Gayer zum Feierabend die adrette Berufsuniform gegen den in die Jahre gekommenen Blaumann. Dabei wurden die schwarz gewienerten Schuhe samt Beinstulpen gegen die grauen Hausschlappen gewechselt. Und ging's nach draußen, ging's in die klappernden Klumpen (Holzschuhe).

Weniger Regent in den eigenen vier Wänden, verlagerte er seinen hausinternen Einfluss mehr ins Drumherum, denn seine emanzipierte Tochter, „die tappe Threse" (plattd. tappe = tapfer), ließ sich nicht von ihm reinreden, schon gar nicht bei der Aprilfrische in der Wäsche. Führte sie ihm auch als Single den Haushalt, kam das Säubern und Herrichten seiner Schlafstube einer Gefechtsübung gleich. Da musste sie mit dem Putztuch beispielsweise immer vorsichtig ums *„Muttergöttsche"* aus Lourdes drumrum. Muttergöttsche? Wer sagt hier denn so was?! Niemand. In Ahnenvaters Refugium aber hatte *das Muttergöttsche,* blau und weiß gewandet, auf goldener Mondsichel, den Wechsel vom Rhein zur Ems hin überdauert; ein sakraler Hausschatz, der wohl auch noch meiner Urgroßmutter in ihrer Todesstunde Zuversicht und Hoffnung gegeben hatte.

Meine Urgroßmutter, auch eine Therese, war früh gestorben. Ich kannte sie nicht mehr. Alles andere aber weiß ich bis heute trefflich noch, weil ich meinen Urgroßvater regelmäßig gern bei der tappen Tante Threse besuchte. So sind mir auch noch seine Wettermarotten in guter Erinnerung. Da ließ er sich von keinem reinreden, trotz aller Aprilfrische auch nicht von seinem *Wicht* (Mädchen). Denn auch ohne Uniform wähnte er sich als Wetterprophet in seinem Umfeld als Autorität. Seine Weisungsbefugnisse entlehnte er dem Barometer. Er nannte es sein *Wetterglas*. Die taffe Threse aber nannte es hinter vorgehaltener Hand, schon mal schmunzelnd, sein *Räppelchen*.

Ging's mal wieder um's Wetter, winkte Threse auf dem Weg in den Garten, zum Leinen auf den Leinen, flüchtig ab und meinte amüsiert: „Wetterregeln werden vom Wetter geregelt."

Der würdige Vater schluckte dann schon mal, nannte die Einwände seiner Tochter „vorlaut" und schüttelte entrüstet den Kopf. Ein andermal verteidigte er seinen Wettertick und erwiderte, weder wettere er, noch wette er ums Wetter, ihm ginge es bei der Beurteilung der Witterungslage nur mehr so um „eine Diagnose zur möglichen Prognose". Oha. Potztausend!

Auch das beeindruckte seine Tochter nicht sonderlich. Im Gegenteil. Sie stichelte unbeirrt, warum er dann immerzu mit seinem Schirm in die Stadt laufe? Nun ja, so die wackere Erklärung, er würde sehr wohl vorher noch sorgfältig das Wetterglas justieren, dessen ungeachtet sei sein Schirm jedoch ein „Stockschirm", der ihm den Stock auch noch ersetze. „Intellent, intellent", spöttelte Threse und meinte, wie schön Ausreden doch die wahren Absichten übertünchen könnten. So schenkten sich beide nichts. Jeder blieb sich selbst treu, er, überzeugt mit seinen Wettervorhersagen, sie, gelassen sein „Räppelchen" tolerierend.

Zeigten sich beim Justieren argwöhnisch anmutende Schwankungen, schlüpfte Urgroßvater in seine Holzschuhe und ging nach draußen in den Garten, „eben ins Wetter gucken". Doch oft kamen auch ohne diese Außenobservationen gleich beim Frühstück manch schrullige Vorhersagen, gerne noch mit dem Hinweis auf generationenübergreifende Reverenzen. So fühlte vermeintlich die Tante Marie, schon vor Jahren bei ihr das Wetter im Knie. Sie sprach dann so in den Morgen hinein: „Ich sag euch, es wird alsbald Regen sein". Doch begann's dann im Winter wohl auch mal zu schnei'n ...

Egal. Auch seinerzeit wurde Schnee schnell zum Schnee von gestern. Unbeirrt davon ließ Urgroßvater nichts auf die alten Wettersprüche kommen, zum Beispiel: „Ist der Jänner kalt und weiß, fließt im Sommer heiß der Schweiß". Nun ja, auch heute, wo uns der Jänner mit dem Klimawechsel längst nicht mehr knackig frostig und wie einst schneeweiß beglückt, stimmt auch sommertags der Rest nicht mehr so ganz, wenn ins Extreme gehend, der Schweiß bei über 40 Grad mehr als rinnt. Doch auch ohne diese tradierten Orakel verkündete der weise Wetterprophet schon mal: „Da draußen, das gibt heute noch was". Das ließ schon eher auf ein Unwetter schließen. Gern konstatierte der alte Gayer auch immer mal wieder: „Der Wind hat sich gedreht. Da liegt ein Wetterwechsel in der Luft." Auch das war oft nicht abwegig.

Als ich seinerzeit meinen Urgroßvater am Neujahrsmorgen besuchte, um ihm und Tante Threse ein „Glückselig Neujahr" zu wünschen, sprach er im Brustton der Überzeugung davon, dass „hier bei uns an der Ems", zum neuen Jahr auch immer gleich ein neuer Wind wehe. Na sowas! Doch aus Respekt vor dem Alter habe ich mir als Heranwachsender meine indiskutablen Bedenken nicht anmerken lassen; ich nahm, eher rücksichtsvoll, diese kuriosen Wetterprognosen nonchalant „zur Kenntnis". Heute jedoch, da ich selbst Großvater bin, erübrigt sich ein Faktencheck bei derlei Prophetie. In welcher Intensität da oben in der Wetterküche auch immer die Isobaren wirken, tatsächlich drängt gegen Ende Dezember und Anfang Januar, merklicher als sonst, „frische Meeresluft aus dem Norden" zu uns in die Emsregion; es ließe sich auch sagen: „Da draußen tut sich was". Da hat nicht etwa, Gott bewahre, der Wetterfrosch einen Frosch im Hals, nein, da ändert sich merklich dieser Tage, die Witterungslage. Sogar ein Verheißungssternchen könnte sich dabei zeigen. Denn ändert sich etwas, schwingt gleich wohl auch immer etwas Zukunftsträchtiges mit.

Hätte ich heute noch, so wie der alte Gayer einst, einen Zylinder, würde ich ihn vor ihm ziehen: „Chapeau!" Auch ich gehe heute als Opa gerne am Neujahrsmorgen „mal eben an die frische Luft". Auch mir ist dabei, als wehe nun, mit Beginn des neuen Jahres, ein frischer Wind.

Mögen meine Enkelinnen und Enkel mit ihrer *Wetter-App* auch weiß Gott mehr Wetterinformationen auf die Reihe kriegen, egal, mir genügt es, die Nase in den Wind zu halten. Dabei habe auch ich mich schon bei der Erkenntnis ertappt: „Der Wind hat sich gedreht. Es liegt ein Wetterwechsel in der Luft." Verheißungssternchen, Klammer zu.

Vielleicht werden auch meine Nachkommen sich irgendwann noch vage an so manch skurrile Opasprüche erinnern und im Nachhinein feststellen, dass damit doch noch etwas mehr gemeint war ... Denn auch ich erkannte erst nach Jahren die Essenzen manch verschrobener Sichtweisen des alten Gayer, getreue Wahrheiten, oft verkappt im Kostüm der Narretei. Da höre ich ebenso noch sein simples „Kopf hoch", das aber durch die augenzwinkernde Ergänzung, „auch wenn der Kragen mal dreckig ist", eine ganz andere Aussagekraft bekam. Die Kraft der Erfahrung.

Der Lebensweg des alten Gayer ging durch zwei Weltkriege; im ersten schrieb er als Ehemann und Vater von der Front gegen die französischen Offensiven: „Ich kämpfe am Vogesenrand hier tapfer für mein Vaterland". Vielleicht wollte er sogar ein Held sein. Ich weiß es nicht. Ich weiß nur noch, dass er, so erinnerte er sich oft, als braver Junge in der Volksschulklasse zu Kaisers Geburtstag (Wilhelm II, Friedrich Wilhelm von Preußen, 1859 – 1941) artig hat aufsagen müssen:

Der Kaiser ist ein lieber Mann,
er wohnet in Berlin.
Und wär' das nicht so weit von hier,
so ging ich heut' noch hin.
Und was ich bei dem Kaiser wollt'?
Ich reichte ihm die Händ
und gäb die schönsten Blumen ihm,
die ich im Garten fänd.

Doch als er hier nach dem harten Hungerwinter 1917/1918 wenigstens einigermaßen heil wieder zuhause war, „ging nichts mehr". Da war der Kaiser nicht mehr in Berlin. Wer hätte ihm, nach dem Massentöten an der Westfront und den Trümmern vor der Haustür, auch noch wohl Blumen gebracht? Denn als Urgroßvater weder ein noch aus wusste, ging „der liebe Mann" im November 1918 nach Holland, um es sich im schönen Schloss Amerongen bequem zu machen. Dennoch lächelte mein Urgroßvater; denn damals hätte es geheißen, ein Kaiser sei ja nun auch kein „Püttstaken", also nicht so etwas wie jene lange Holzstange, die immer wieder „krumm nach unten" hing, um aus der Tiefe des Brunnens mühselig etwas Wasser zu schöpfen. Wie treffend und zugleich bitter dieser Vergleich!

Zu der Zeit war mein Urgroßvater hier auch wohl noch immer so etwas wie ein „Vertriebener". Denn sein Elternhaus stand einst im rheinland-pfälzischen Herschbach bei Andernach an der Ahr. Von dort aus zog es die Familie mit der aufblühenden Textilindustrie nach Rheine, an die Ems. Der Bahnhof war Eisenbahnknotenpunkt und hier fand mein Ahn ja auch alsbald „eine sichere Stellung". So schien es in den Zwanzigerjahren wieder aufwärts zu gehen.

Doch dann übertönte ein politischer Schreihals alle sonstigen Debatten im Land. Martialisch gab er sich als Führer aus und wollte gleich mehr noch als der Kaiser sein. Für diesen Größenwahn mussten nun Urgroßvaters Söhne in den Krieg ziehen, angeschnarrt: „Allzeit ein guter Landser sein und möglichst laut ‚Heil Hitler' schrei'n". Ach, wie grausig und elendig auch das mal wieder endete.

Als wieder alles in Schutt und Asche lag und vom großen Sieg nichts als die schiere Verzweiflung geblieben war, starb auch noch seine Frau, meine Urgroßmutter, eine geborene Niehoff. Auf Gedeih oder Verderb musste es weitergehen. Aber wie? Obendrein hatte die Inflation alles Ersparte hinweggefegt. Nun musste mit der Währungsreform im Juni 1948 ein jeder sehen, dass er „mit 40 DM Kopfgeld" wieder auf die Beine kam. Es half nichts, den Kopf hängen zu lassen, so gut es ging, half man sich aus.

Wie überliefert, gab es zu Neujahr 1949 in Opas guter Stube eine inhaltsschwere familiäre Aussprache darüber, wie es weitergehen könne. Urgroßvater entzog sich für einen Moment den schwerwiegenden Fragen durch einen kurzen Gang nach draußen. Er kam wieder herein mit den Worten: „Der Wind hat sich gedreht. Glaubt mir, da liegt mehr als ein Wetterwechsel in der Luft."

Auf geringschätzige Entgegnungen habe er, angesichts der total desolaten Lebensumstände, als Laienschauspieler in freiem Reim geantwortet:

Das eine möcht' ich, ohne Klagen,
euch hier an dieser Stelle sagen:

Jede Gabe sei begrüßt!
Doch möge uns, vor allen Dingen,
das mit Zuversicht gelingen,
was nicht noch ist gesüßt.

Drum packen wir beherzt es an.
Ein jeder so, so gut er kann.

Der Überlieferung nach habe man daraufhin in der Familienrunde mit einem Weißwein der Sorte *Uva Crispa* (selbstgekellerter Stachelbeerwein) angestoßen. Was wäre auch Optimismus ohne Genuss und Geselligkeit? Es seien dazu gar noch einige Pfeifchen *Knaster* (Gartentabak) gepafft worden. Nun denn. Das Eine galt und gilt wohl auch: Nicht alles nur ist Schall und Rauch.

Aber da wären wir mit dem Rauch ja fast schon wieder bei der Eisenbahn, obwohl es um den alten Gayer herum längst nicht mehr so prickelig zischte und dampfte … Doch wie es kommt, so ist es:

Ewig fliegt man nicht als Falter,
irgendwann da kommt das Alter.
Aus dem Falter wird die Falte,
aus dem dollen Kerl – der Alte.

Puch, puch, puch, die Eisenbahn

Dampflokfahrten sind wieder gefragt. Hier von Rheine aus besonders. Warum? Weil Rheine vor Jahren mit *Rheine-R*, diesem überregional bedeutenden Rangierbahnhof für Dampfloks, nicht nur emslandweit ein bekannter Eisenbahnknotenpunkt war.

Wer weiß heute noch, dass diese dampfend schnaufenden Ungetüme vor Zeiten sogar noch Plattdeutsch sprachen. Jau, jau, genau! Fuhr nach wuchtigem Fauchen ein Güterzug mit einer schweren Dampflok langsam an, klang das so:

Puch, puch. puch, puch ...
Help mi, help mi, help mi ...

Kam der Güterzug in Fahrt, ging es:
Geht schon, geht schon, geht schon ...

Behende dagegen klang der Personenzug:

Puchpuch, Puchpuch ... Help mi, help mi, help mi ...
Geht schon, gehtschon, gehtschon ...

Dann von weitem: *Dankschön, Dankschön, Dankschön*

Und der D-Zug:

Puchpuch, Puchpuch ... Help mi, help mi ...
Geht schon, gehtschon, gehtschon ...

Doch statt *Danke schön*, drehte der gleich flott ab und schnaufte hinter sich her:

Nu schiet di wat, Schietdiwat, Schietdiwat, Schietdiwat ...

Vorbei, die emsigen Dampflokzeiten. Die qualmenden Kolosse haben ausgeschnauft. Dafür sausen Fernzüge mit 300 Stundenkilometern über blitzende Gleise, wie derzeit der ICE 3. Aber nicht nur auf den Bahnhöfen tummeln sich von morgens bis abends die Reisenden. Mit dem Flieger geht's gleich in die weite, weite Welt. Und alles im Eiltempo. Ob *Entree* oder *Exit*, überall piepen *Smartphones;* Tickets oder gar noch Fahrkarten sind out. Komme ich heute in den Bahnhof, habe ich das Gefühl, dass für mich der Zug schon abgefahren ist ... Als ich jung war, umfing Reisende auf Bahnhöfen eine ganz andere Atmosphäre.

Um auf die Bahnsteige zu gelangen, ging es im Bahnhof zunächst durch die sogenannte „Sperre". Dort wurden die Fahrkarten abgeknipst, sogar sogenannte Bahnsteigkarten, wenn es nur zum Winken an die Züge ging. Auf den Bahnsteigen hatten Aufsichtsbeamte das Kommando. Das Wort ist treffend; es herrschte in der Regel ein schroffer, amtlicher Ton. Seinerzeit patrouillierte auch noch, mit Gummiknüppeln, eine eigene Bahnpolizei.

Es gab aber auch „Umgängliche in Uniform". Mögen Uniformen auch Gleichmacher sein, so stecken in ihnen immer Menschen. Einer davon war damals der Aufsichtsbeamte Röttger. Er war ein fideler Regent, denn er reimte sogar bei passender Gelegenheit. Fragte jemand: „Wann fährt der nächste Zug nach Lingen?", erwiderte Röttger jovial: „Da setzen Sie sich män in Trapp! In drei Minuten fährt er ab! Der Zug steht auf dem vierten Gleise. Also flott – und gute Reise!"

Ein andermal musste „ein Gentler" (plattd. für Gentlemen), also ein vornehmer Herr, in einen Zug nach Hamburg umsteigen. Auf seine Frage, wie lange ihm dazu noch Aufenthalt im Rheiner Bahnhof bliebe, reimte der Bahnpoet: „Der Hamburger Zug fährt um 18 Uhr ein, das reicht nun wohl noch für ein Gläschen Wein."

Da hatte Röttger wohl seinen Meister gefunden. Der feine Herr fabulierte gleich ein paar nette Vierzeiler zurück und so hatten beide eine Weile an Versmaß und Metrik ihre helle Freude. Es blieb für den Reisenden nicht einmal mehr die Zeit für das Gläschen Wein. Doch wollte dieser sich wenigstens noch ein paar Zigarren für den Rest der Reise gönnen. Er kaufte sie eilig am Bahnhofskiosk. Freundlich wie der werte Herr war, bot er eine davon dem Aufsichtsbeamten an: „Mein lieber Herr Röttger, es war mir ein Vergnügen. Drum können Sie gern eine Zigarre kriegen!" Das freute Röttger und er reimte zurück: „Na fein, da sag ich nicht Nein. Doch woll'n sie erfreu'n mich in ihrer Güte, so nehme ich gerne die ganze Tüte."

„Raucher", diese Reisezüge sind Bahngeschichte. Bahnwagen *Dritter Klasse,* mit Holzbänken für Otto Normalverbraucher, gibt es auch nicht mehr. Und die damals ach so feinen Speisewagen mit Kellnerservice sind längst durch schlichte *Bistros* ersetzt.

Vater Plagemann, Selbstaussage: „große Plage, kleiner Mann", reiste seinerzeit denn auch volksnah, als *kleiner Mann,* dritter Klasse, wenn er überhaupt reiste. Dabei kam nicht einmal *die Zweite Klasse* in Frage, geschweige denn der mögliche Besuch eines Speisewagens. Doch Plagemann hatte stets guten Appetit; er aß nun mal gerne. So schien eine längere Reisezeit ohne Essen ein Problem. Für die anstehende Reise nach Papenburg rang Plagemann nach unproblematischen Lösungen. Ein paar Döschen Ölsardinen vielleicht? Das könnte schmierig werden. Stullen? Na ja, auch nicht gerade eine Reisedelikatesse. Doch dann kam ihm eine praktikable Idee: Hart gekochte Eier! Sättigend und rundum sauber zu handhaben. Genau das Richtige.

Gesagt, getan, steckte Plagemann sich frohen Mutes als Reiseproviant zwei hart gekochte Eier in die Hosentaschen, jede Seite eines. Und, „Vorsicht an der Bahnsteigkante“, die Fahrt konnte beginnen.

Unterwegs stieg in Lingen-Ems eine dralle Marktfrau hinzu und setzte sich unserem Reiselustigen gegenüber. Sie begann sogleich eine recht anregende Unterhaltung, denn sie stellte behutsam neben sich einen Binsenkorb, voll mit Eiern. Die wolle sie gleich in Haren-Ems auf dem Wochenmarkt verkaufen. „Alles reine Natur“, wie sie versicherte; freilaufende Eier von besonderer Qualität, die man weit und breit suchen müsse. Als Eierbäuerin habe sie reichlich Arbeit, bevor so ein Ei verkaufsfertig im Eierkorb läge. Füttern, Ställe ausmisten, Eier ausholen ... Ach, ach, ach, alles nicht immer einfach. Zwar wollten die Kunden besondere Qualitäten, aber der Preis, also ...

Jesses, dachte Plagemann! Und wieder einmal dachte er „große Plage, kleiner Mann“. Die Frau redete ohne Unterlass. Und unser Mann wusste nicht wohin. Bevor du hier noch durchdrehst, dachte er, musst du dir schleunigst etwas einfallen lassen. Und es fiel ihm auch gleich das Richtige ein.

„Ach“, sagte er zur Eierfrau, „können se mir vielleicht wohl zwei Eier verkaufen?“ Die Frau nickte. Jaja, das ginge wohl. Aber, wie gesagt, die Eier hätten ihren Preis. Unter zwanzig Pfennig könne sie ... Da hielt der geplagte Mann ihr bereits fünfzig Pfennig hin mit der Bemerkung: „Stimmt so. Zwei dicke weiße bitte.“ „Gerne“ antwortete die Händlerin und hielt ihrem Bahnkunden den Korb hin. Er solle sich ruhig welche aussuchen. Plagemann tat es. Er tat es aber mit heimlicher Absicht. Dazu durften es nun nicht wahllos irgendwelche Eier, nein, es sollten schon ausgewählte Eier sein ...

Diese steckte er sich in die Hosentaschen, links und rechts jeweils eins. Von nun an schaute Plagemann immer mal wieder auf seine Armbanduhr. Der Frau kam das seltsam vor. Dann aber schaute sie mit großen Augen auf. Denn als gut 7 Minuten herum waren, griff ihr Gegenüber in seine Hosentasche, nahm ein Ei heraus, tickte damit an die Abfallbehälterklappe, pellte es sorgfältig und biss mit Appetit zu.

Also nein. Was war das denn?! Die Frau war sprachlos. So etwas hatte sie noch nicht gesehen. Nein. Wie war das nur möglich?

Auch Plagemann, Gott bewahre, sagte kein Wort. Er hatte ja auch Besseres zu tun; nahm behutsam das zweite Ei aus der anderen Hosentasche und begann die Essenprozedur von Neuem. Dabei schleckte er mit der Zunge genüsslich um die Zähne und meinte: „Ha! Hart gekochte Eier sind doch immer wieder lecker!"

Die Frau wollte darauf gleich wohl etwas sagen, doch der Eierzauberer winkte erhaben ab. Er stand auf und ging gemessenen Schrittes Richtung WC. Denn die zwei rohen Eier waren ihm in den Hosentaschen nicht geheuer. Um möglichen Problemen vorzubeugen, warf er sie einfachhin in die Kloschüssel, ließ selbst auch noch einen Strahl Wasser und spülte gründlich nach. So, das war gut geschafft.

Als Plagemann zurückkam, schaute die Frau ihm vom Scheitel bis zur Sohle respektvoll an und fragte allen Ernstes: „Ach, wie soll ich sagen, mir ist nun auch Appetit auf ein hart gekochtes Ei gekommen. Könnten sie nicht auch mir hier noch wohl schnell eins kochen?"

„Nänä", winkte Plagemann ab, „das hätten se mir eher sagen müssen, ich hab just eben das Wasser abgegossen."

Ei, Ei, Ei

Großzügig, ja, das sind wir hier,
doch hat's damit auch seine Grenzen.
Emsig nämlich, denken wir,
man sollte nicht nur damit glänzen.

Doch dennoch nahm man es bewegt,
als generös sprach Bauer Lüken:
„Wenn unser Hahn ein Ei mal legt,
spend' ich davon das erste Küken!"

Die Eier bei Meier

Meiers Erwin aus Meppen war kein Kunde bei der Marktfrau mit den Eiern, denn wenn Erwin Eier kaufte, dann *en gros*. Für Eier hatte Erwin immer schon eine Vorliebe. Ja, selbst vor der Liebe kamen bei Erwin erst einmal ein paar Eier. Doch in letzter Zeit stagnierte sein Eierkonsum und auch mit der Liebe war's nix mehr. Seine Frau hatte ihn verlassen. Damit gackerten auch die Hühner für Erwin umsonst. Doch wenn's das nur gewesen wäre. Erwin schien heruntergekommen, so als verkünde er: „Ich spiel verrückt. Spiel's mit?"

Die Nachbarn tuschelten längst über den wunderlichen *Einspänner* (Junggeselle); er lief, als ging's mit ihm „durch den Wind". Es schien nichts mehr normal. Jedenfalls hatte der arme Kerl immer öfter einen Durst, dass er vor Hunger gar nicht wusste, was er rauchen sollte, so müde war er abends. Schlimm. Bei Erwin ging's drunter und drüber.

So konnte das nicht länger mehr weitergehen. Das Irre aber ist ja, dass Irre sich in ihrer Irre nicht beirren lassen.

Längst aß Erwin nur noch wahllos Pommes Mayo, Currywurst oder zur Abwechslung wohl auch mal Pommes rotweiß. All das spülte er mit schäumenden Kaltgetränken nur so weg. So war Erwin oft nicht nur breit, er ging auch in die Breite. Doch in einem selten lichten Moment durchfuhr ihn ein erregender Gedanke: „Wenn du überhaupt noch mal an eine Frau kommen willst, muss du abnehmen." Erwin hatte nämlich etwas von einer Eierdiät gehört. Von besonderer Wirkung seien Soleier.

Tatsächlich habe mit einer *Soleierdiät* eine gewisse Margreth Thatcher aus London (1925 – 2013) in kürzester Zeit einmal mehr als zehn Kilo abgenommen. Die *Soleierdiät* versprach purzelnde Pfunde in nur vier Wochen! Dann gleich los!

Der Zeitpunkt war ideal gewählt. Die Fastenzeit stand an. Das waren auf Ostern hin zwar gut sieben Wochen, dafür aber waren dann vielleicht noch größere Abnehmerfolge zu erwarten. Und zu Ostern gab es, potztausend, ja auch gleich wieder Eier! Erwin schwanten die tollsten Figurerfolge. Um die lange Karenzzeit auch mit geschmacklicher Vielfalt soleierfein zu überbrücken, sorgte der Feinschmecker für einen abwechslungsreichen Einlegesud mit kräuterkräftig angereichertem Salinensalz, halbzerteilten Knoblauchzehen, geviertelten Gelbzwiebeln samt schnutenschrille Habanero-Chilis. Dagegen standen, wie Eierpomaden, diverse Senfsorten, einige gar angereichert mit Bärlauch, bereit. Ober- und untergärige Biere sowie anregende Verdauungsschnäpse rundeten das Sortiment ab. Ab jetzt hieß es für Erwin nur noch: Solei, dir leb ich, Solei, dir sterb ich. Aber ...

Wer hätte all die Auswirkungen für möglich gehalten, die Erwins Eieraktion mit sich brachten. Nach gut vierzehn Tagen hatte der Mann schon das ganze Versener Viertel (Versen, Ortsteil von Meppen) gegen sich aufgebracht, denn trotz frischer Winde konnten sie ihn nicht mehr riechen. Erwin stank „wie ein Ülk“ (Iltis). So konnte es nicht weitergehen.

Die eilig einberufene Bürgerversammlung erwog in demokratischer Übereinstimmung, sein Haus zum bevorstehenden Osterfest weitläufig mit Gittern abzusperren. „Ein unerträgliches Individualverhalten dürfe und könne nicht zu Lasten der Anlieger“ gehen. Dabei wurde für Erwin sogar eine vorübergehende Quarantäne in Erwägung gezogen. Vorerst aber erachtete man eventuelle Sperrgittermaßnahmen noch als das kleinere Übel.

Von all dem schien Erwin ahnungslos. Vielmehr schien er nun auch noch von anderen Begierden getrieben. Zwar gingen die Frauen ihm so weit wie möglich aus dem Weg, doch umso mehr war Erwin hinter ihnen her. Es ist ja wohl auch kein Geheimnis, dass bei ausschließlicher Eierkost manche Männer ins Geschirr gehören. Dafür schien Erwin nun ein potentieller Kandidat zu sein. Ach, ach, ach, es wurde nicht einfacher mit dem Mann.

Nicht genug damit, grummelte es in letzter Zeit bedrohlich, wenn Erwin in der Nähe war. Es grummelte, als zögen aus nächster Nähe schwere Gewitter auf. Die Leute schauten sich verstört dabei um. Unwetter waren nicht auszumachen. Es war Erwins Soleiergedonner. Nicht zu glauben, was eine Menge unverdauter Eier nicht so alles bewirken kann.

Auch ich war eines Tages höchst erstaunt, als Erwin mir von weitem auf der anderen Straßenseite entgegenkam. Irre. Mir schien, als würden über mir, im zweiten Stock, die Möbel geradegerückt. Doch von wegen. Es waren Erwins Gedärme. Ein berstendes Rumpeln. Das machten einzig all diese harten Eier in Erwins Unterleib. Kein Wunder, dass vor erneuter Einberufung der Bürgerversammlung die Nachbarn schon das Gesundheitsamt ins Spiel bringen wollten.

Doch das absonderliche Verhalten bekam plötzlich doch noch eine Wende zum Guten. Wer hätte das gedacht?

Man sah Erwin nun des Öfteren Arm in Arm mit einer drallen Frau. Wie man hörte, kam sie aus Kasachstan. Eine Galina. Für Erwin wohl genau die richtige Partnerin, denn er hatte sich innerhalb kürzester Zeit zusehends zu seinem Vorteil verändert. Nun ja, wohl nicht von ungefähr. Galina habe auch gleich für Kostumstellung gesorgt. Auf interessierte Nachfragen antwortete Erwin überschwänglich, es gäbe nun immerzu *Russisch Ei.*

Das verstehe nun, wer will. Immerhin waren die Eier bei Meier nun kein Fall mehr für die Bürgerversammlung.

Bürgerversammlung

Um was es in Bürgerversammlungen auch immer geht, es geht um allgemeine Belange, um geteilte Interessen, bestenfalls von hohen Idealen getragen. So sind mit ihrer Rede- und Versammlungsfreiheit die Bürgerversammlungen die tragenden Elemente der Demokratie. Hier finden sich aus Parteien, Vereinen und gesellschaftlichen Zweckbündnissen Interessenvertreter und Entscheidungsträger zusammen, um für ein gemeinschaftliches Ziel auf einen gemeinsamen Nenner zu kommen. Damit kann eine Bürgerversammlung auch durchaus schon mal als eine Art Gruppentherapie angesehen werden.

In Sinningen, einer Siedlung von Emsdetten, hatte der Ortsvorsteher auch mal wieder eine Bürgerversammlung „anberaumt". Die Tagesordnung beinhaltete Fälle von teils überregionaler Bedeutung. Die Bürgervertreter saßen am runden Tisch im Gemeindesaal, einige studierten vorab noch einmal gründlich die Tagesordnung, andere unterhielten sich über problematische Vorkommnisse und wieder andere gingen mit teils geschlossenen Augen in sich, um sich wohl mental auf die beginnende Sitzung einzustimmen.

So auch Willi. Willi kümmerte sich ja nun auch schon im Frühjahr wieder in besonderer Weise um die Nistkästen der Stare im Busch an der Ems. Bei so viel Frischlufteinsatz darf er jetzt auch wohl ein wenig schlafen.

Dafür ist Mathilde umso aufmerksamer bei der Sache. Bekanntlich strickt Mathilde gern. Stricken ist ihr Räppelchen. Damit hantiert sie jetzt auch im Gemeindesaal. Da strickt sie bereits einen violetten Pullunder für den Weihnachtsbasar. Oh ja! Was fertig ist, ist fertig! Und es sollen ja noch weitere folgen. Nun im Frühjahr schon etwas für Weihnachten fertigen? Ja sicher! Etwa nicht bibelfest? Allen Ungläubigen und Freidenkern sei gesagt: Weihnachten beginnt bereits am 25. März, denn am 25. März ist *Maria Empfängnis.* Damit wäre alles gesagt. Egal. An sich gehen Mathilde immer bei den Bürgerversammlungen die Maschen recht flott von der Hand. Wen sollte das auch stören? Dem Fritz bestimmt nicht.

Fritz hat andere Sorgen. Fritz sitzt als Wegewart gleich vorne mit in der ersten Reihe, rechts vom Vorsitzenden. Hat er auch zuhause nicht viel zu sagen, so hier umso mehr. Deswegen fehlt Fritz auch auf keiner Bürgerversammlung. Ach ja, und als Wegewart „obliegen" ihm ja auch noch diese Streckenbegehungen! Einer muss es ja tun. Fritz tut es sogar gerne, denn damit kann er sich immer gut nach Belieben „aus dem Haus reden".

Nun bimmelt aber schon der Vorsitzende mit seinem Sitzungsglöckchen. Er hustet kurz einmal gravitätisch durch und beginnt: „Liebe Anwesenden, ich begrüße euch alle und danke jedem einzelnen für sein zahlreiches Erscheinen. Besonders begrüßen möchte ich zu dieser Frühjahrsversammlung heute den Amtmann Sievers vom Bezirk. Er ist wohl noch nicht da und so müssen wir ohne ihn anfangen. Es geht um die Wege und Plätze im Dorf. Fritz, du hast das Wort."

Fritz erhebt sich, rückt am Nasenrücken berückend seine Brille zurecht und redet sogleich nicht lange drumherum; er berichtet, sie seien alle „restlos im Eimer", die Sinniger Straßen und Wege. „Ganz schlimm." Er könne es nicht anders sagen. Hier und da nur noch „Mutke und Driete" (Matsch und Dreck).

Aufgebracht ruft Klärchen: „Unmöglich so was!" Scheinbar unbeeindruckt, aber dennoch mit amtlicher Aura, blickt der Vorsitzende auf. Typisch Klärchen. Statt sich mit Handzeichen zu melden, bläfft Klärchen immer wieder einfach so dazwischen. Das ginge so nicht weiter, so Klärchen weiter. Sie wäre das mit den Sinninger Chausseenschlamassel schon längst leid! Höchste Zeit, mit diesem Amtmann Sievers mal „klar Deutsch" zu reden.

Oh, Fritz fühlt sich herausgefordert. Er reißt sich geradezu seine Brille von der Nase, behält sie aber oberlehrerhaft in seiner Rechten, weist damit auf Klärchen und spricht: „Damit das hier klar ist, nicht wahr, mit diesem Herrn Sievers rede ich nun schon fünfzehn Jahre! Doch stets, wenn es mit dem Straßenausbau was werden soll, macht mir dieser Mann mal wieder einen Strich durch die Rechnung." Das müsse ein Ende haben, gibt Klärchen nicht auf. Sie wäre schon lange „dieses ganze Instanzentheater" leid. Nun steht Klärchen sogar auf und verkündet laut und deutlich: „Packen wir's doch endlich selber an!"

Oh, Mathilde rutscht eine Masche weg. Was nun machen? Es scheint kompliziert zu werden. Im Bürgerversammlungssaal brodelt es.

Um Klärchens Blick auszuweichen, schaut der Vorsitzende streng zu seiner Linken und Rechten und bittet mit einem erneuten Klingeling um Meinungen und Vorschläge. Aber: „Der Reihe nach und nicht gleich so laut, wenn ich bitten darf!" Im Übereifer wollen gleich alle etwas tun. Ja, nicht nur reden, es müsse endlich gehandelt werden!

Gustav verkündet: „Dann lasst uns gleich mit der Emsstiege anfangen!" Nicht weiter verwunderlich, Gustav wohnt dort, Nummer 15. Widerspruch. Ein Tumult liegt in der Luft. Wo könnte man beginnen? Der Vorsitzende hält sich am Göckchen fest und appelliert mit fester Stimme an die Vernunft. Dazu die angemessene Formulierung, dass „die Verbesserung des Verkehrsnetzes einer ausgewogenen Koordinierung" bedürfe. Hört, hört! Aber allein vom schönen

Reden ist noch keine Straße fertig geworden! Es scheint drunter und drüber zu gehen. Das Glöckchen bimmelt und bämmelt – bis sich der Vorsitzende erhebt.

Sie wird vertagt, die Versammlung. Immerhin ein Grund, „mit den Straßen am Ball“ zu bleiben. Denn wenn schon, dann soll es auch „vernünftig werden“. Getrommel auf den Tischen. Mehr noch. Fritz wird ermutigt, es selbst einmal mit einer Kandidatur bei der nächsten Kreistagswahl zu versuchen. Ja, warum nicht? Doch da sind schon die ersten wieder draußen.

Nanu ... Wer sitzt denn da noch? Mathilde. Mathilde schaut nicht auf und sagt kurz angebunden: „Keine Bange. Bin sofort soweit. Muss nur noch eben die Maschen abketten.“

Aussichtslos

Sturköpfe belehren,
Teufel bekehren
und Tote kurieren,
das braucht man gar nicht erst probieren.

Emsweisheit

Erscheint dir etwas unerhört,
bist du erzürnt, zu Recht empört,
beruhige dich und sei gescheit,
schick ‘s lieber erst mal in die Zeit.

Am ersten Tag könnt ‘s du sie alle!
Am zweiten gar kolikt die Galle.
Am dritten Tage legt sich ’s schon;
am vierten mildert sich der Ton.

Oft ist ’s bedeutsam nur für Stunden,
mit der Zeit ist ’s überwunden.
Drum nicht sogleich die Zähne zeigen,
nicht gleich schimpfen, auch mal schweigen.

Wer die Wahl hat, hat die Wahl

Wer die Wahl hat, sollte denn auch wählen gehen. Es gibt keinen vernünftigen Grund, sich dem zu verweigern. Wer nicht wählt, wählt auch, fast immer aber Zores, die politische Unkultur mit Wirrwarr, Lüge und Gezänk. So eine Verweigerung der politischen Verantwortung kann schuldig machen. Was sonst denn ist *Verantwortung*, als Antwort zu geben, auf die jeweils relevanten Fragen der Zeit? Man hat dabei nicht die Qual der Wahl, sondern schlicht und einfach die Wahl. Dafür genügt verantwortliches Denken und für das Handeln ein Kreuzchen. Das kann doch wohl nicht zu viel verlangt sein.

Genau betrachtet aber ist es gar kein Kreuz, was wir auf den Stimmzettel setzen. Interessant und aufschlussreich, darüber einmal etwas klarer nachzudenken.

Es ist, genau genommen, ein *Andreaskreuz.* Es bezieht sich in seiner Bedeutung auf den Tod des christlichen Märtyrers *Andreas*, der am 30. November 60 an ebenso einem schrägen Kreuz sein Ende fand. Das ist geschichtlich belegt. Der Name *Andreas* bedeutet denn auch so viel wie der Umsichtige, ja, der Aufrechte. Wohl nicht von ungefähr ist auch heute genau dieses *Andreaskreuz* als Zeichen 201 ein wichtiger Teil unserer Straßenverkehrsordnung. Es steht an Bahnübergängen, um uns zu mehr Umsicht und Vorsicht anzuhalten. Es hat also eine Schutzfunktion, dieses *Andreaskreuz.* Es will uns vor Malheur und Unglück bewahren.

Wie nun wohl schon geahnt, hat das auch viel mit demokratischen Wahlen zu tun. Da machen wir auf dem Wahlzettel ja auch nicht einfach nur „ein Kreuzchen", nein, wir machen ein *Andreaskreuz.* Recht bedacht appelliert es an unser Verantwortungsbewusstsein: Hast du dich auch richtig umgeschaut? Wofür stimmst du? Für was gibt's du deine

Stimme her? Und wofür machst du selbst so Stimmung in den politischen Auseinandersetzungen?

Ja, das Kreuzchen bei den Wahlen „hat es in sich". Es ist wahrlich nicht nur so ein Kreuzchen daher. Und weil es ein besonderes Kreuzchen ist, ist es ein *Andreaskreuz*, „womit es was auf sich hat".

So empfahl denn auch einst, vor über hundert Jahren, ein Pastor Kappen von Sankt Lamberti in Münster die Gewissenserforschung vor einer Wahl. Das waren noch Zeiten! Um nicht nur gewissenhaft wählen zu können, sondern in ähnlicher Weise auch den Jahreswechsel gewissenhaft zu begehen, hieß es bei Pastor Kappen:

Guter Gott, erleuchte uns nun auch bei den Wahlen,
um die Welt ein bisschen besser zu machen.

So setze dem Überfluss Grenzen
und lass die Grenzen überflüssig werden.

Lasse die Menschen kein falsches Geld machen
und das Geld keine falschen Menschen.

Bessere solche Geldverdiener,
die wohl tätig, aber nicht wohltätig sind.

Schenke unseren Politikern mehr Wahrheit
und der Wahrheit mehr Politiker.

Und so lasst uns nun, ohne länger zu schwätzen,
das Kreuz ins rechte Kästchen setzen.

Dabei immer schön an das elfte Emsgebot halten:

Lass dich nicht verblüffen. Schau genau hin
und kümmere dich nicht um's Gesums.

Schau genau hin

Anders zeigt sich manch Geschehen
auf den zweiten Blick besehen.
So strahlt nicht jede Dominanz
schillernd gleich mit echtem Glanz.

Denn so manch Honoratioren
sind nicht zugleich Initiatoren.
Das sei so öfter auch hienieden
deutlich klarer unterschieden.

Rien ne va plus

Was gern du tust, das tu,
lass das Gesums recht klug in Ruh.
Denn naseweis herumzufummeln,
verleitet obendrein zum Schummeln.

Wird Wichtiges jedoch umschwindelt,
wird Unsinn dabei noch gebündelt.
Zum Schluss heißt es gar folgenschwer:
Rien ne va plus – nun geht nichts mehr.

Keine Experimente in windigen Zeiten

In der demokratischen Praxis verhindert die Wahl die Gefahr, die gesellschaftliche Verantwortung politischen Hasardeuren zu überlassen. Um im Nachhinein nicht was auf die Schwarte zu bekommen, muss erst mal die Hornhaut der Gleichgültigkeit abgetragen werden. Wie? Offen sein für ein gedeihliches Zusammenleben und vielleicht darüber hinaus noch die Bereitschaft, die Welt ein Stück besser zu machen, als sie ist. Doch dabei sei sogleich bei jenen Kandidaten Vorsicht angeraten, die als Intelligenzallergiker mit einfachen Antworten das Blaue vom Himmel versprechen.

Solch ein politischer Zinnober feierte hier auch einmal über die Ems hinaus fröhliche Urständ. Da proklamierten einst politische Phantasten eine eigene *Emsrepublik*. Sie hetzten die Bevölkerung gegen besonnene Antagonisten auf. Umsturzparolen machten die Runde. Vorsicht. Im Wahn steckt Unsinn – und je größer der Unsinn, je lauter die Idioten. Mangels Haltung und Esprit, droht leichthin Massenhysterie.

So erschien am 25. November 1918 der *Münstersche Anzeiger* mit der Schlagzeile *Los von Berlin!* Es schienen unruhige Zeiten zu werden, so unmittelbar nach Ende des Ersten Weltkrieges. Die Rheinländer fühlten sich vom preußischen Berlin bevormundet und pochten auf ihre Autonomie. Dem schlossen sich die Westfalen und Emsanrainer an. In der Republik rumorte es. Der junge Konrad Adenauer (1876–1967) aber bremste die separatistischen Höhenflüge mit dem Satz: „Keine Experimente in windigen Zeiten".

Damit fühlten sich besonders die Münsterländer vom Rheinland bevormundet. Widerständler, die sich zu großen

Taten getrieben fühlten, gründeten in Münster ein Aktionskomitee mit dem Ziel einer eigenen *Emsrepublik.* Es erschallte, so künden es die Annalen, die heroische Frage: „Sollten wir uns nicht darauf besinnen, dass das Land zu beiden Seiten der Ems einmal eine blühende Geschichte hatte?" Hurra! Wer sagt da Nein?! Es sollte denn auch gleich noch das Plattdeutsch als Amtsdeutsch die neue gemeinsame Sprache werden. Na, wer sagt's denn?! So lött sick allenthalben kalben! (Das gibt allenthalben Ansehen.)

Ist aber nicht alle Euphorie immer auch eine beschränkte Begeisterung? Nüchtern denkenden Zentrumspolitikern ging das wohl auch am 19. Dezember 1919 in einer Sitzung in Hamm auf. Sie bekamen, wie man sagt, Fracksausen. Die echte Freiheit schien in Gefahr. Willkür lag in der Luft. Ein Bürgerkrieg drohte. Die mit Jubel und Schneid ausgerufene Bewegung *Freies Emsland*, eine Schimäre?

Als in Ostbevern nun gar schon ein Trecker explodierte, war Schluss mit der erträumten *Emsrepublik.* Nun schien Adenauers Satz auch hier zu wirken: „Keine Experimente in windigen Zeiten." Gut so. Endlich setzte sich wieder die emselementare Besonnenheit durch. Damit konnte auch wieder ein umsichtig verantwortungsbewusstes Gemeinschaftsgefühl wachsen. Es kehrte wieder Ruhe dort ein, wo ohnehin die Ruhe zuhause war. Endlich war wieder alles im Fluss.

Doch nicht lange, da tobte der Naziterror. Nicht von ungefähr. Sich ohne Bedenken von Wahnsinnigen „bedenken" lassen, verdirbt die Massen. Die ordinäre Verführung gipfelt mit der Teufelsein-, statt Teufelsaustreibung. So etwas kommt nicht von ungefähr. Es sollte uns daran erinnern, dass die Geschichte immer auch die Politik von heute und morgen mit beeinflusst. Dabei kann sich niemand aus seiner Verantwortung stehlen. Stehen also Wahlen an, dann *da capo*, an's Andreaskreuz denken und – wählen gehen!

Offen sein für ein gedeihliches Zusammenleben, das braucht kein Geschrei mit dem Schlechtmachen anderer, es braucht einfach nur die Bereitschaft, die Welt ein Stück besser zu machen, als sie ist. Das geht immer auch über den eigenen Horizont hinaus.

Also nicht hoch die Zäune, nein, weitet die Räume! Dann bleibt auch alles im Fluss.

Europa

Arglist, Trugbild und Tabu ...
Gräben graben, Türen zu?
Zäune zieh'n und Mauern bau'n?
Und dann? – Wie denn in die Welt noch schau'n?

Zwar braucht jeder wohl sein Reich,
aber, Gott erbarm, nicht gleich
eine Festung in der Welt,
die and're in die Ecke stellt.

Denn ist's auch noch so schön daheim:
Keiner lebt für sich allein.
Türen öffnen, reden, lachen,
all das kann uns nur reicher machen.

Gäb's ein Wort hierfür mit Mut,
so wär' „Europa" dafür gut.
Grenzen öffnen, Weite wagen,
allein wird keiner dann verzagen.

Viel mehr „Wir" statt stur nur „Ich",
macht froh und frei, statt jämmerlich
So hat bei Chorgesang und Tanz
auch Krieg und Zwietracht keine Chance.

Saalsalbaderei

Neben den Bürgerversammlungen mit Wahlmodus gibt es vereinsintern die Jahreshauptversammlungen und, weniger offiziell, aber immer mit „Beiprogramm“, die gern besuchten Jubiläumsveranstaltungen. Je bedeutender das Ereignis, umso größer der Saal. Fährt man im Emsland und in Westfalen über Land, wird man staunen, wieviel gepflegte, gut bürgerliche Gasthäuser es selbst in kleinen Dörfern (noch) gibt, und das immer auch gleich mit großen Festsälen. Das ist ein Zeichen für ein gutes soziales Umfeld. Ob Vereins- oder Familienfeiern, „wenn was ist“, ist auch die Gästeschar zahlreich. Da kommt es dann auf den einen oder anderen mehr oder weniger gar nicht an. Indikator intakter Gemeinden und Großfamilien ist die Geselligkeit. Im Gegensatz dazu mehren sich „die privaten Kreise“. Hört man genauer hin, ist da öfter schon mal von den „gesellschaftlichen Verpflichtungen“ die Rede. Das klingt nicht gerade froh.

An der Ems stehen noch viele Landgasthäuser neben der Kirche. Es ist wohl ein Zeichen dafür, dass zum Frommsein auch das Frohsein gehört. Immerhin, so Luther (1483 – 1546), sollte man Gott nicht nur mit Arbeit dienen, sondern auch mit Feiern loben. So nun auch bei der Jubiläumsveranstaltung „500 Jahre Kirchengemeinde Sankt Dionys“.

Der Saal ist rappelvoll. Bis zum gemütlichen Teil fehlt noch einiges im Beiprogramm, so auch der Festvortrag von Herrn Professor Dr. von Zweydorff zum Thema: „Die Kirche im Wandel der Zeit“. Der Herr Professor prüft vorne noch das Mikrofon: „Eins, zwei drei …“ Oh, ein Schall mit Hall dabei. Etwas dezenter wäre besser. Also noch einmal: „Eins, zwo, drei …“ Nun klingt die Stimme klar und frei. „Können mich auch alle gut hören?" Nicken im Saal. Alle können gut hören. Gut so. Nun denn: „Meine sehr verehrten Damen und Herren! Es ist mir eine Ehre, zum heutigen Jubiläum der Kirchengemeinde Sankt Dionys ..." Und so weiter und so fort.

Was der Kenner sagt, war ein Gedicht. Nein, ein Gedicht war es wohl nicht, aber es klang alles wohlgesetzt und feierlich. Der Professor sagt sogar achtbar und fein, auch etwas auf Latein. Als er dann mit seinem Latein am Ende war, war auch der Vortrag mit Applaus soweit gut überstanden.

Nicht genug damit folgt gleich noch die Laudatio des Herrn Pastors. Der Feier angepasst, findet er recht warme Worte, womit an sich wohl auch gleich schon „das Wort zum Sonntag" gesprochen wäre. Ausdrücklich betont der Geistliche, dass er sich über die große Anzahl der Gläubigen freue, die der Kirche auch in diesen unruhigen Zeiten die Treue hielten. Es ginge in der Kirche nun mal nicht ohne die Gläubigen. Applaus brandet auf. Doch es war noch nicht überstanden. Denn sein besonderer Dank ginge an ... Oh, das waren nicht wenige! Gerade diese Menschen wüssten um die Bewährung des Glaubens in schweren Zeiten. Wie wahr, wie wahr! So wolle er denn auch schließen mit dem Leitsatz: „Per aspera ad astra! (durch überwundene Schwierigkeiten zu den Sternen)." Jawoll! Großartig! Getrommel auf den Tischen.

Nun kann endlich der gemütliche Teil des Abends beginnen. Die Musik stimmt schon einen langsamen Walzer an, während die Herren behutsam ihre Anzugjacken über die Stuhllehnen hängen, hier und da die Damen ihre buntseidenen Halstücher lüften und die Ober flink werden. Eine gute Gelegenheit für den Pastor, nun auch einige persönliche Worte mit den Gästen zu wechseln. Zwar sagt man den Emsgetauften nach, sie seien stur, aber ... Gerede. Wer sagt denn so was? Alleweil ein wenig lustig, alleweil ein wenig durstig. Alleweil ein wenig Geld im Sack, alleweil ein wenig Schabernack. Da zieht die Stirne keiner kraus und will vielleicht auch gleich nach Haus. I wo.

Der Pastor kennt seine Schäfchen und weiß sie zu nehmen. Von Tisch zu Tisch gehend, kommt er nun auch zu den Bennings. Sieh an, sieh an, wie schön, sich zu seh'n! Schon seit Jahren kommen Pastors Kartoffeln von Bennings Hof. Eine gute Gelegenheit für ein paar besonders nette Worte. Also, Ladys first. Der Pastor weiß, dass die alte Benningsche schwerhörig ist, drum spricht er sie laut und deutlich an: „Oh, Frau Benning! Guten Abend! Na, sind Sie auch da?"

„Was?!", ruft Frau Benning; sie hält, gleich einer Muschel, die Hand hinter ihr rechtes Ohr und fragt den Pastor, was er gesagt habe. Als Pastor kommt der Geistliche der Frau nun schon recht nah. Ganz dicht beugt er sich ihr zu und fragt das Gleiche noch einmal. Doch die Frau schaut ratlos ihren Mann an und fragt: „Was!? Was hat er chesacht?!!" „Er wollt' bloß wissen, ob du auch da bis!!", dröhnt ihr Mann. Da nickt Frau Benning und sagt: „Soso. Das is jä noch wohl nett von ihm. Dann sach' ihm män, dass ich hier sitze!"

Na ja, was soll man dazu sagen? Verständlich, dass es Tage gibt, wo der alte Benning seiner Hanna am liebsten das Trommelfell über die Ohren ziehen möchte. Was haben sie wegen Hannas Schwerhörigkeit auch nicht schon alles versucht! Ach, und was hat das nicht alles schon gekostet! So war Hanna erst vor Monaten mit guter Prognose aus der HNO-Klinik entlassen worden. Das hörte sich folgendermaßen an:

„Na, Frau Benning, wie geht es Ihnen denn heute so?" „Ja, Herr Doktor, ich war schon auf 'm Kloo."

„Aha. Gut. Dessen ungeachtet hat sich Ihr Gehör ja nun nach dieser stationären Intensivtherapie deutlich gebessert, entsprechend können Sie heute entlassen werden."

„Was? Was sagen Sie? Welche Beschwerden?“

„Keinerlei Beschwerden mehr! Alles bestens. Es geht wieder nach Hause zurück!“

„Soso. Na so was, ich hätt Chlück?“

„Ja, das kann man wohl so sagen. Schließlich können Sie ja nun wieder besser hören!“

„Was? Was soll da nun noch stören?!“

„Nichts. Soweit ist jetzt alles klar“.

„Jaja, ich hör’s wohl, das Honnraa, das Honnraa! Wieviel macht’s denn?“

„Also ... In Euro wären das für meine ärztlichen Bemühungen so gut Zweihundert!“

„Was? Was sagten Sie?!“

„*Dreihundert!*“

Chodori

Selbst wenn jemand chut schlecht hören kann, wird ihm auffallen, dass im emsseitigen Münsterland das *G* als *Che* chesprochen wird. Wenn auch vielleicht chediegen, cheht das damit hier aber wohl alles chut so seinen Chang. Allzu chenau is es ja auch oft wieder char nicht so chut. Dann wirkt alles so chestelzt. So wie in Ämtern. So hieß es vor nicht mal fünfzich Jahren im § 48 der Dienstanordnung der Deutschen Bundespost zur Beförderung von Wertsachen:

> **Der Wertsack ist ein Beutel, der aufgrund seiner besonderen Verwendung im Postbeförderungsdienst nicht Wertbeutel, sondern Wertsack genannt wird, weil sein Inhalt aus mehreren Wertbeuteln besteht, die in den Wertsack nicht verbeutelt, sondern versackt werden. Das ändert aber nichts an der Tatsache, dass die zur Beförderung des Wertsacks verwendete Wertbeutelfahne auch bei einem Wertsack Wertbeutelfahne heißt und nicht Wertsackfahne, Wertsackbeutelfahne oder Wertbeutelsackfahne.**

Wer bis dato noch keinen Fimmel hatte, is bei dieser Wortcharnitur aber chleich höchst chefährdet. Chodori, ja. Doch welch chroß Chetue chleich bei unser *Che!* Dabei kommt das von unser Platt. Es chehört in Westfalen das *Che* an der Ems mit dazu. Also bitte nich immer dieses Che-Chedööns. Ich weiß, chäbs bloß nicht diese Chermanisten! Die Chermanisten kriegen beim *Che* immer chleich das Chrauen. Chenau chenommen steht ja auch …

... im Alphabet in Reih und Glied
das, was als Schrift man nachher sieht.
Doch lesend, als Rezitation,
bedarf's der Artikulation.

Da sach nu noch einer was chechen. Und doch: Klingt auch ein *G* mal wie ein *Che*, wem tut das denn schon weh? Da können sich die Machister noch so chediechen bei haben.

Bei mir ching das früher schon in de Klasse bei Lehrer Chude so. Auch ihm chefiel unser *Che* chanz und char nich. Umso chenauer achtede Chude auf *mündlichen Ausdruck.*

Alles was da so zu *Artikulation und Betonung* chehörte, nahm Chude chleich chanz chewissenhaft. Wenn nich was piekchenau chesacht wurde, wurde Chude chleich chräsig. O Choddechoddechott! Ein Chespräch müsse chefällichst deutlich sein, sachte Chude. Sonst chings chründlich daneben. Wir sollten uns män Beispiel bei die Bayern nehmen. Die Bayern sprächen noch wohl chanz schön deutlich.

Jaja, man stelle sich bloß vor, was da in Bayern los wäre,

wenn der Baas beim Oktoberfest statt „O zapft“ unchenau „O-Saft!“ ausrufen würde. Chodori. Da chinge es dann aber drunter un drüber. Da flögen die Humpen dann aber. Es chinge also char nich chenau chenuch.

Musst es bei Chude mal wieder chanz chenau chehen, musste immer das aufcheweckte Chretchen dran. Denn keiner konnte bei uns in 'e Klasse deutlicher *„Georgien“* sagen, wie Chretchen. Wehe, einer sachte dann noch Cheochinen. Chodori. Chleich ching Chude wieder hoch: *Georginen* wären doch Dahlien! Damit hätten se es hier im Dahliendorf Lechden (Legden). Doch chanz im Chechensatz dazu läge *Georgien* weit hinten im Balkan! Da hätten se es mit *Georginen* char nich so. Chrundverkehrt also. Ach, ach, ach. Aber das zeichte mal wieder, wo das mit das Che so alle hinchehen könnte.

Un chleich war Chretchen wieder dran. Nu chings um die Chechenwart, also *Gegenwart*. Hör mal einer chenau hin: *Gegenwart* ... Was chestelzt! Da sind wer ja chleich bald wieder bei de Chesetze! Doch hier? Chehts denn chechen einen Wart? Chechen was für einen Wart denn? Turnwart, Hauswart, Schleusenwart? Ich möchte da char nich weiter mehr über nachdenken. Cheht ja doch mit der Zeit so alles seinen Chang. Chott Dank.

So is auch Chude längst chestorben. Tschä, auch ohne Chude chings mit das Che chanz chut hier so weiter. Was Chretchen war, so is die nun ne Chreiwe. Cheorg, ihr Mann, un Chisela, ihre Tochter, ließen *G* einfach *Che* sein. Chut so. Chretchen chab sich auch darin. So cheht's auch nicht nur Chretchen chanz chut mit's Che. Drum sach män keiner was. Also:

Mache uns keiner das Platt hier platt.

Nicht platt, sondern Platt

„Wie die Sprache, so der Mensch“, heißt es; sinngemäß aufs Plattdeutsche übertragen, ließe sich sagen: Je reeller, umso weniger große Worte. Kein Wortschwall. Das Wenige ist für Außenstehende auch nicht immer gleich verständlich. Was geredet wird, klingt eher wie eine Fremdsprache; Plattdüütsch is et. Eine Sprache ohne Firlefanz. Dabei ist der Umgangston nicht mit dem Grundton zu verwechseln. Also nicht platt, sondern Platt.

Drumherumgerede scheint verdächtig, „nicht der Rede wert“, das Lobenswerte kaum erwähnenswert, „is doch selbstverständlich“; da tut's ein Schulterklopfen, Augenzwinkern, Nicken als Einverständnis. Hingegen signalisiert das Neigen des Kopfes Zweifel und das Hochziehen der Schulter kann alles Mögliche bedeuten. Wird abgewunken, erübrigt sich jeder weitere Vorstoß. Beim Knibbeln an der Nase aber besteht noch Hoffnung. Das ist die Sprache der Ems.

Sie können hier mit wenigen Worten viel sagen, „die Leute“. Das war sogar schon mal Thema im Kunst- und Kulturausschuss. Man höre und staune:

Im Kunstausschuss gilt der Beschluss,

dass frei zwar wären die Gedanken,
sie dennoch aber bräuchten Schranken,
damit geäußert würde nicht nur Stuss;

das gäbe Anlass oft zur Klage.
Auch gäben bei dem ganzen Schmu,
noch Dussel ihren Senf dazu,
und umso heikler würd' die Lage.

Wie an der Ems geredet würde
sei, in spärlichem Gebrauch,
Sprache ohne Schwall und Rauch,
knapp gesätzt und ohne Hürde.

Sprachsparbücher gäb's sogar;
denn längs der Ems, an jedem Orte,
spare man der vielen Worte
und käme dennoch bestens klar!

Klar dürfte wohl auch sein, dass im Plattdeutschen kaum „Worte von der Stange“ zu finden sind, *KI*-gestanzte Sätze schon gar nicht. Es ist keine Floskel, Plattdeutsch ist echt, „rejell“. Da weiß man, wie man dran ist. Nicht draußen so und drinnen anders. Nein. Ob in Oelde oder Westerstede, kein Gewäsch und kein Gerede. Viel Gerede bewegt die Stühle, kurzes Schulterklopfen hingegen die Herzen. Entweder man versteht sich oder nicht. Versteht man sich, menschelt es. Up Platt noch mehr. Mache uns also keiner das Platt hier platt! Drum noch einmal: Nicht platt, sondern Platt.

Wer meint, heute eigne sich Plattdeutsch nur noch für flache Witze oder etwas, was man auf Hochdeutsch sonst so nicht sagen könne, der redet dummes Zeug; er sabotiert das Platt. Solche wollen sich nur selbst „bewichtigen". Ganz anders, wenn die Sprache im Vordergrund steht. Dann lässt die Resonanz aufhorchen, da kann es auch mal bewegend werden. Jemand hier von der Ems, der es im fernen Manila vermisst, schrieb mir:

„Da sage einer, was er will, dem so warmherzigen Plattdeutschen gilt wohl auf ewig mein emotionales Heimweh. Diesen Sprachluxus, der mich melancholisch beglückt, gönne ich mir literarisch hin und wieder musikalisch als Ohrenschmaus oder mit einem Buch von Ihnen. Dann bin ich gleich wieder mit mir versöhnt."

Wie anrührend, so eine Resonanz. *Lutt dat nich heel best* (klingt das nicht bestens)? Reich im Fundus einmaliger Ausdrucksweisen, wohlig wärmend im Klang, lesend zwar gewöhnungsbedürftig, aber leise murmelnd rezitiert, ist das Plattdeutsch eine wahre Wonne. Ebenso wahr ist, dass Plattdeutsch heute ein *Sprachluxus* ist!

Als historische Sprache eigenwillig gewachsen, lässt sich aber das Plattdeutsch heute nicht künstlich aufpäppeln, es verlöre, etwa dem schulischen Curriculum eingegliedert, seine Originalität. „Platt kanns nich studeeren, dat moss kennen" (Plattdeutsch lässt sich nicht studieren, man muss es kennen).

Josef Winkler (1881 – 1966), der Dichter aus Rheine, bekannt durch seinen *Tollen Bomberg,* sagte es einmal so: „Wo findet man ihn sonst noch, diesen urwüchsigen Humor, diesen ‚gradlinigen' Hang zum Necken und Spotten, ohne dass damit eine Beleidigung beabsichtigt wäre? Zugegeben, manchmal klingt es ‚butt'. Aber jeder weiß, dass es *‚so'* nicht gemeint ist. In diesem kauzig knorrigen Sprachgut urteilt man an der Ems ganz nach den hier landestypischen Maßstäben. Schön, dass es das (noch) gibt."

Und Anton Hilckmann (1900 – 1970) aus Bevergern, Freund und Förderer der plattdeutschen Sprache und einst Gründer des Instituts für vergleichende Kulturwissenschaften, schrieb einmal im Rheinischen Merkur: „Aus der von mir so geliebten plattdeutschen Sprache könnte ich auf Anhieb eine Liste von Hunderten wunderbar ausdrucksstarker Wörter und Ausdrücke zusammenstellen, die sogleich wie Pott auf Deckel passen, für die es aber im Hochdeutschen keine Entsprechung gibt. Daher ist eine reine Übersetzung ‚Wort für Wort' gar nicht möglich, weil dann das Wesentliche des Gesagten nicht mehr übereinstimmen würde."

Es könnte ja vielleicht eine auf Punkt und Komma festgelegte Einbürgerung in den öffentlich-rechtlichen Bildungskanon erfreulich erscheinen, bürokratisch überwacht aber käme das wohl eher einer sprachlichen Kastration gleich. Sprache braucht keine Förmchen, Plattdeutsch schon gar nicht. Sprache braucht Leben. Plattdeutsch besonders.

Das sprengt schon mal Grenzen, wie ein geschichtlicher Rückblick zeigt. Da ging es „mit's Platt" sogar schon mal bis nach Namibia". Und das kam so:

Zunächst sollte man wissen, dass saure Dickmilch in der Ernährung unserer Vorfahren eine besondere Bedeutung hatte. Auch wir essen ja noch heute gerne Joghurt (dieses ungewöhnliche Wort für Dickmilch stammt von den Schaf- und Ziegenhirten des Balkan) und Quark; im Süden auch als Schotten, im Norden als Hotten bekannt. Hierbei kommt nun ein geschichtlicher Nebenschauplatz ins Spiel und zwar aus der Zeit, als sich einst durch wirtschaftliche Not infolge von Kriegen und politischen Unruhen Aussiedler auf den Weg in die Ferne machten.

Hier an und um die Ems herum begann es mit der *Hollandgängerei,* woraus sich sogar ein eigener Berufsstand entwickelte, die *Tödden.* Das Wort stammt vom niederdeutschen *totten*, was soviel wie *herumlaufen,* aber auch *mitschleppen* bedeutet. Dazu benutzten die *Tödden* ihre Kiepen. Andere Ausreisewillige zog es nach Amerika und wieder andere nach *Deutsch-Südwestafrika,* wo 1883 im Kolonialfieber unter Wilhelm II und Bismarck die deutsche Flagge gehisst wurde.

Hier waren Bauern, plattdeutsch *„de Buren“,* Nachbarn der *Khoi-Khoi-Nomaden*. Es fiel auf, dass diese Nomaden in ledernen Fellbeuteln ihren *Hotten* (plattdeutsch für die Dickmilch) mit sich führten, sie *„tott'en“* ständig damit herum. Was lag nun näher, als dass *die Buren* – unkompliziert wie sie waren – ihre neuen Nachbarn auf Plattdeutsch *Hottentotten* nannten. Ja, das stimmt. Was wir mit der Zeit dann hier begrifflich daraus machten, steht auf einem anderen Blatt.

Auf jeden Fall ging es „mit's Platt schon mal ganz schön rund in de Welt“. Doch das war einmal. Und was ist geblieben davon? Hierzu befleißige man sich doch ruhig einmal dieses Lesens:

Teihn lütke Plattwörtkes

Teihn lütke Plattwörtkes,
de woll'n int Book, gemeejn,
eenet wör dat allto klook,
dao wören't bloß noch … neejn.

Neejn lütke Plattwörtkes,
de harren et wiet bracht,
eenet wör dat allto wiet,
dao wören't bloß noch … acht.

Acht lütke Plattwörtkes,
de woll'n tesammen bliebb'n,
eenet aower woll dat nich,
dao wören't bloß noch … siebb'n.

Siebb'n lütke Plattwörtkes,
de dreihden sick maol kess,
eenet wör dat allto kess,
dao wören't bloß noch … sess.

Sess lütke Plattwörtkes,
de stönnen nu män stief,
eenet wör't nich stief genoog,
dao wören't bloß noch … fief.

Fief lütke Plattwörtkes,
de gaffen sick lück quer,
eenet wört dat mehr äs quer,
dao wören't bloß noch … veer.

Veer lütke Plattwörtkes,
de wören heelmaol bleej,
eenet wör dat allto bleej,
dao wören't bloß noch ... dreej.

Dreej lütke Plattwörtkes,
de woll'n wiethen up See,
eenet kreeg glieks Heimweh all,
dao wören't bloß noch ... twee.

Twee lütke Plattwörtkes,
de höölden sick för schön,
eenet wör't nich schön genoog,
dao wör't nu bloß noch ... een.

Een lütket Plattwörtken,
dat sagg sick nu: „Oh weh!"
Dat konn so nu nich wiedergaohn,
dao wören't glieks wier ... twee!

Twee lütke Plattwörtkes,
de klagten met Gehüül.
Dat möss nu aower anners wiär'n,
sagg iähr daorup en Büül.

Büüls

Büüls gibt's nur auf Platt; auf hochdeutsch heißt *Büül* Beutel. Sinngemäß aber steht der *Büül* im Emsverständnis für jemanden, der zwar eine Meinung, aber keine Ahnung hat; oft ist ein *Büül* auch ein Luftikus, ein Gernegroß, jemand der meint, alles zu können, aber wenig „auf die Kette krich".

Dabei tun sich die *Windbüüls* (der klassische Luftikus, „viel Wind um nichts") besonders hervor. An der Ems laufen sie so mit, ohne dass man ihnen weiter Beachtung schenkt, denn, so heißt es: „Windbüüls moss laupen laoten." Denn: „För 't Nervenkostüm gesünder, is en bettken gelinder" (Halblang schont Kopf und Nerven). Also, nicht so viel Wind um nichts. An der Ems gibt's ohnehin Wind genug, es bräuchte nicht auch noch *Windbüüls.*

Und wenn oben an der Küste erst die weitgereisten Fahrensmänner, die *Matenbüüls* (plattd. Maten = Matrose, aber auch der Maat als Bezeichnung für den Meister eines bestimmten Aufgabenbereiches an Deck von Marineschiffen) ihr *Seemannsgarn* abspulen, dann verstummen sogar *Windbüüls.* Oh ja, „unser Herrgott hat se, mit und ohne Glatze". Nicht selten auch, dass man dann hört: „Ich glaub', mich tritt ein Pferd."

Da wäre zum Beispiel Knut. Knut ist kein *Windbüül,* aber ein *Matenbüül.* Zunächst fuhr er von Greetsiel aus mit dem Kutter auf *Granat* (Nordseekrabben). Dann, weiter von Emden aus hoch, tagelang, um die Shetlandinseln herum, zum Fang von hauptsächlich Hering, aber auch Scholle, Butterfisch und Seezunge. Das Netzeinholen auf dem Trawler (Schiff für die Hochseefischerei) forderte alle Kräfte und war nicht ungefährlich. Das war Knochenarbeit bei

Tag und Nacht. Wenn Knut dann dort wirklich mal schlief, schlief er wie ein Stein. Selbst *der Blanke Hans* (die Nordsee bei Sturm) vermochte ihn nicht mehr zu wecken. Doch wie seltsam, dann war es meist immer nass unter seiner Koje, oft sogar klatschnass. Knut nuschelte dann immer: „Ich glaub', mich tritt ein Pferd." Woher kam nur das Wasser dort?

Irgendwann wollte Knut es wissen. Mit ein paar Tassen steifen Pharisäern (starker Kaffee mit Rum) hielt er sich eines Nachts in der Koje wach. Tatsächlich vernahm er kurz vor Mitternacht seltsam platschende Geräusche. Als sein Kajütenschott sich öffnete, blinzelte Knut aus seiner Koje vorsichtig auf – und wunderte sich über Maßen. Unser *Matenbüül* traute seinen Augen nicht. Es stand eine prächtige Wassernixe vor seinem Bett, die gleich freudig merkte, dass Knut noch wach war. Sie himmelte ihn an, indes es von ihrer Schwanzflosse herab nur so triefte. Das Wasser rann unter Knuts Koje. Aha! Des Rätsels Lösung war gefunden. Aber was nun?

Nun freue sie sich, so die Meerjungfrau, dass sie Knut endlich einmal wach antreffe! Sie watschelte noch ein Stück näher an ihn heran und bedrängte ihn, sie frank und frei doch einfach mal zu küssen. Dann würde sie erlöst und hätte statt der Schwanzflosse endlich wieder ihren natürlichen weiblichen Unterleib. Jesses! Knut traute seinen Augen und Ohren nicht. Doch was musste er hören? Vor ihrer Verwünschung habe sie als junge Frau *Undine* geheißen. Und wieder das drängende Verlangen, ihr den erlösenden Kuss zu geben. In nur zehn Minuten sei Mitternacht vorbei, dann wäre die Chance vertan. Knut schluckte, rieb sich die Augen und murmelte, das ginge ihm nun doch alles „en büschen zu fix". Undine klatschte mit der Schwanzflosse auf. Er solle sich doch nicht so haben. Vielleicht, dass sie bei Gefallen sogar heiraten könnten. Sapperlot! Das war für Knut nun doch zu viel auf einmal.

Doch da hörte er auch schon – schwipp, schwapp – wie die Wassernixe wieder umdrehte und gleich darauf beleidigt die Kajütentür hinter sich zuschlug. Und Knut dachte mal wieder: „Ich glaub', mich tritt ein Pferd. Wenn ich das erzähle, glaubt mir das keiner. Diese Art Frauenschwarm halten wohl alle für Seemannsgarn."

Egal. Wenigstens war es nun unter Knuts Koje wieder trocken. Und das für lange, lange Zeit. Da war Knut schon wieder an Land. Doch als er geheiratet hatte, es war eine *Undine!*, war es plötzlich wieder nass unter seinem Bett. Undine brachte das zur Verzweiflung. Sie war mehr als reinlich. Himmelherrgott, immer dieses Wasserwischen unter Knut's Bett!

Auch Knut schien verwirrt. Seine Frau meinte schon, Knut sei wohl nicht ganz dicht. Wie bitte? Knut zog aus.

Ihn zog es wieder zur See. Doch nicht mehr als *Matenbüül*, über dieses Alter war er hinaus. Nun heuerte er, in schicker Uniform, als Gästebetreuer auf einem Kreuzfahrtschiff an, das just direkt aus Papenburg kam. Und siehe da, an Bord unter seiner Koje blieb es trocken! Wahrscheinlich waren wohl der Secret-Service als auch die Putzkolonnen an Bord auf Zack.

Soweit hier nun die paar Meter Seemannsgarn.

Doch nun hatte Knut es an Bord mit recht eigenwilligen *Büüls* zu tun, kein Vergleich mit den *Matenbüüls.* Mithin erschien ihm vor seinem geistigen Auge immer mal wieder ein Pferd, weit ausholend zum Tritt bereit, denn die *Büüls* hatten alle so ihre Macken und Mucken. Mit Blick über die Reling dachte Knut nun immer öfter: „Ich glaub' mich tritt ein Pferd."

Da wäre an erster Stelle gleich mal wieder der *Windbüül*. Der läuft als Kavalier, umgarnt auch noch das schrägste Frauenzimmer mit „gnää Frau" und jeden Klappergeist mit „mein lieber Freund". Im Glencheck-Sakko samt Gabardinehose mit Kniff, lässt er alle Welt wissen, dass es bei ihm gut läuft. Immer steigende Aktienkurse, auf den Trabrennbahnen die richtigen Tipps auf die richtigen Pferde („Ich glaub' mich tritt ein Pferd!"), schöne Frauen im Übermaß und auf den Kreuzfahrtschiffen dieser Welt selbstverständlich nur die Balkonkabine am Sonnendeck. Leute, was kostet die Welt?

Ganz anders der *Knickebüül* (Geizkragen). Er hat die Kreuzfahrt geschenkt bekommen und lümmelt nach den Mahlzeiten ständig durch die Speisesäle, um von den Tischen noch unbenutzte Portionsbehälter von Kaffeesahne, Minimarmeladen oder unbenutze Teebeutel und Zuckertütchen einzustreichen. Doch eigentlich ist der *Knickebüül* nur auf Frachtschiffen zu finden. Statt Fitness und Bordgymnastik schrubbt er lieber das Deck, spült nach dem Essen das Geschirr in der Kombüse oder richtet auch wohl mal, wenn's sein muss, den einen oder anderen verrutschten Container. Geht's im Hafen an Land, klappt er an Deck lieber seinen Liegestuhl auf, denn dann hat auch er mal Ruhe, weil es ansonsten auf großer Fahrt neben seiner Kabine im Maschinenraum immer so dröhnt. Dafür sind aber die eingelegten Heringe aus der Kombüse sehr lecker. Dabei braucht es nicht mal einen Kreuzer Trinkgeld! Oh ja, für *Knickebüüls* sind Frachtschiffe wie geschaffen!

Ist er außer Sicht, der *Knickebüül*, ist der *Laigenbüül* (Schwindler, Aufschneider) nicht weit. Schiff Ahoi, und schon führt er an Bord das große Wort. Ob Kielholen am Kap Horn oder die Äquatortaufe im nördlichen Polarkreis, es gibt nichts, wo der *Laigenbüül* passen müsste. Er hatte es schon mit den größten Haien zu tun und dem Klabautermann hat er sogar mal die Braut ausgespannt! Ja, ist denn das zu glauben?

Doch scheint das alles noch nichts. Es gibt ja auch noch den *Quaterbüül*. Der reinste Zungendrescher. Gern hätte der noch vom Kommandanten auf der Brücke das Kommando übernommen, um auch jedem an Bord mal zu zeigen, dass noch weit mehr Knoten „aus dem Pott" zu holen wären. Ach, er vermisst sogar einen heftigen Sturm. Liebe Leute, Schräglage bei vierzig Grad Neigungswinkel, erst dann finge die Seefahrt doch erst richtig an!

Nein, so lieber nicht, denn da wäre ja auch noch der *Bammelbüül* (Angsthase), der ist ebenso immer mit dabei. Aber aufpassen! Der hat schnell die Hosen voll. Doch weil *Bammelbüüls* irre neugierig sind, sind sie auch auf Deck immer mit dazwischen, obwohl das für ihre Nerven gar nicht gut ist.

Tutet vielleicht mal das Nebelhorn und die Schwimmweste sitzt womöglich etwas knapp, fallen *Bammelbüüls* leicht gleich hintenüber. Dann hat man sie da liegen. Kommt man ihnen aber zu Hilfe, fällt ihr Blick gleich auf die Rettungsboote. Oh je, ob die wohl für alle reichen? Egal. Schon drängt es sie zum Radar. Es scheint irgendwie mit dem Kurs nicht so ganz zu stimmen. Auch das noch! Die Tür zum Radar ist geschlossen. Für Unbefugte kein Eintritt. Wohl nicht von ungefähr. Oder? Bitte den *Bammelbüüls* nicht auch noch antworten. Das macht alles nur noch schlimmer.

Wechseln wir lieber die Perspektive. Wie könnte man auch nur einen *Büül* wieder auf adäquaten Kurs bringen? Für *Bammelbüüls* eigneten sich beispielsweise sicher mehr die etwas kleineren Musikdampfer. *Über den Wellen* im Walzerschritt, das würde bedrohlichen Chimären gewiss den Garaus machen. Bestens geeignet dafür wäre beispielsweise das in Emden liegende Gesellschaftsschiff *Ems.*

Dagegen wäre der *Laigenbüül* wohl besser auf einer Fregatte aufgehoben, wo Wortmeldungen generell erst einmal einer offiziellen Offiziersgenehmigung bedürfen, da ansonsten allein der Fregattenkapitän das Wort hat. Fregatten eigneten sich therapeutisch denn auch gleich für *Quaterbüüls.* Doch es gibt auch noch die flachbödigen Leichter. Darauf könnten die *Quaterbüüls* gut als Ankerwerfer anheuern, denn das würde sie zugleich auch noch ein wenig erden.

Bliebe also nur noch der *Matenbüül* mit seinem Seemannsgarn. Für den wären die Schlepper wohl was. Kaum zu glauben, aber da könnte sich der *Matenbüül* sogar hin und wieder „auf dem Teller drehen“ (Wenden und Drehen eines Schiffes auf der Stelle oder auf sehr engem Raum), um dann selbst gar noch die größten Kreuzfahrschiffe an die Kaikante zu drücken. Doch was sagt da Knut schon wieder? „Ich glaub‘, mich tritt ein Pferd.“

Ich glaub', mich tritt ein Pferd

Es war 1983, als zwei Kläuse von der Nordseeküste (Gesangsduo Klaus & Klaus) uns was vom Pferd erzählen wollten. Mopsfidel sangen sie sogar im Duo, dass ein Pferd „auf en Flur“ stehe: „ … ein echtes Pferd, auf en Flur!“ Und das sei nun auch gleich noch sooo niedlich! Des Weiteren aber wohl auch noch zum Wiehern. Es fand da wohl, um mit Wilhelm Busch (1832 – 1908) zu sprechen, Überraschung statte, wo keiner es erwartet hatte. Das lockerte sogar hier für eine Zeit, die Sprachbescheidenheit. Denn wer ein besonderes Pferd hat, hat auch gleich immer was zum Reden. Und gar wie beredt, wenn auf dem Flur es auch noch steht! Das gilt wohl bis heute: Für Pferde ist, im höchsten Grade, so manchen Menschen nichts zu schade. Denn:

Hottemax mit *Hü* und *Hott,* das war einmal. Heute stehen Pferde weder im Stallmist noch im Regen – und wohl schon gar nicht mehr auf en Flur. Heute stehen sie als Zeichen der Prosperität in eigenen Pferdeboxen auf Reiterhöfen. Das Münsterland ist Deutschlands Pferderegion Nummer eins. Wer hier und heute aufsattelt, hat es längst nicht mehr mit einem Klepper zu tun. Kam es in den 1950-er-Jahren mit *Fanni* noch auf schiere Kraft an, schauen heute die Pferdenärrinnen und -narrhalesen pingelig auf anderes, auf Aufrichtung, Stammbaum, Stockmaß, Blesse, Fesseln und Flanken. Pferdeflüsterer begleichen die eine oder andere Auffälligkeit durch nonverbale Beziehungspflege. Nicht ohne emsigen Stolz denke man hier auch gleich noch an den Marstall des nordrheinwestfälischen Landgestüts in Warendorf. Dort stehen edelste Pferde in Reih und Glied. Und die in Warendorf ansässige Deutsche Reiterliche Vereinigung (FN) kümmert sich nicht nur um die Förderung des Pferdesports, sondern auch, immer im Sinne des Tierwohls, um die Ausbildung der entsprechenden Lehrkräfte.

Auf ähnlich hohem Niveau agieren längst auch schon innovative Landwirte. Wer heute noch vom dummen Bauern spricht, outet sich selbst als Dussel, der nicht weiß, wovon er spricht. Auf den neuesten Stand der Technik gebracht, sind aus ehemaligen Bauernhöfen längst moderne Agrarunternehmen geworden, die sich unter weltmarktpolitischen Bedingungen zu behaupten haben.

Alles in allem ließe sich heute sagen: „Edel sei das Pferd und milchreich die Kuh." Kaum noch ein Pferd ohne Stammbaum, keine Kuh mehr ohne Ohrmarke. Da ist dann aber auch der Amtsschimmel nicht mehr weit. Paragrafenreiter lassen grüßen. Sie treiben die heilige Kuh der Gesetze und Verordnungen bis in den Pferch der Schafherden. Zwar könnte man meinen, just die Wanderschäfer seien vor den wiehernden Amtsschimmeln sicher; Pustekuchen, es sind die Paragrafenreiter, die ihnen die Sporen geben. Selbst die Hirten sind schon auf der Flucht vor ihnen. Kaum ein Tag, wo nicht selbst der Schäfer Lammerding verzweifelt ausruft: „Ich glaub', mich tritt ein Pferd!" Und wenn er das als Schäfer sagt, so will das was heißen.

Es ist nämlich schon so weit gekommen, dass manche Paragrafenreiter den Wolf im Schlepptau haben. Dem haben die Schäfer freies Geleit zu gewähren. Mehr noch. Von Amts wegen wird generell gar ein tolerantes Verhalten gegenüber dem Wolf erwartet. Zwar wolle Lupus nicht unbedingt immer spielen, dennoch verbiete es sich bei einer „Wolfsbegegnung", dem Isegrim gleich die kalte Schulter zu zeigen. Auch sei es nicht manierlich, dann etwa gleich wegzurennen. Besser sei ein freundlicher Blickkontakt, um sich dann behutsam mit kleinen rückwärtigen Schritten der Begegnung zu entziehen. Besonders Eltern seien in der Erziehung ihrer Kinder gehalten, ihnen eine von Respekt getragene Vorsicht gegenüber Wölfen zu vermitteln. Gerne behilflich sei dabei die *Gesellschaft zum Schutz der Wölfe e.V.* Es fehlt nur noch, dass bald gesungen wird: „Es steht ein Wolf auf en Flur ...“ Mein lieber Herr Gesangverein! Die armen Schäfer. Wird da nicht wohl etwas verwechselt? Ist nicht die Freiheit der Wölfe die Tyrannei der Schafe? Schäfer Lammerding sinnt schon über andere Handhabungen mit seinem Hirtenstock nach.

Ach, wäre er doch nur Bäcker geblieben! Lammerding hatte schon die Meisterprüfung, doch dann zog es ihn mit Schafen und Lämmern hinaus in die weiten Heiden und Weiden des Emslandes. Ein naturnahes Leben war sein Traum. Der Wolf war fern und ebenso fern noch die Paragrafenreiter. Heute hingegen wiehern extra gezüchtete Paragrafenhengste, die mit den Wölfen heulen. Lammerding stöhnt gequält auf. Für ihn ist Ende im Gelände.

Was tun? Ohne Schmus, back tot he roots. Er will nur noch zurück in die heimische Backstube. Gedacht, gesagt, getan – Also los, mit frischem Elan. Brot und Salz, Gott erhalt's!

Komme ihm dabei nur keiner in die Quere, kein Isegrim und kein Amtsschimmel. Sogleich wird das Leben froh und heiter, ohne Paragrafenreiter. Lammerding blüht wieder auf. Freunde, das Leben ist lebenswert! Wenn nur keiner ihn beim Backen stört.

Tatsächlich lief es gut an mit dem Backen. *Lammerdings Backwaren* waren gefragt. Als besondere Delikatesse ist seine *Emskruste* begehrt. Doch auch diverse Plunderteilchen oder der hiesige Weggen am Wochenende bringen guten Umsatz. Und nun, in der Adventszeit, sind *Lammerdings Stutenkerle* der Renner. Doch nun gleich wieder das:

Plötzlich haben im Umfeld der Bäcker einige Paragrafenreiter verlauten lassen, dass gemäß gewisser Vorschriften die Bäcker Gefahr liefen, im Zuge der aktuellen Nichtraucherkampagnen mit ihren Stutenkerlpfeifen zu Kollaborateuren der Nikotinsüchtigen zu werden. Lammerding schlug auf den Mehlsack und rief: „Nun das schon wieder! Ich glaub'…" Genau, es trete ihn ein Pferd.

Man glaubt es kaum, aber tatsächlich hatten einige innovative Aktivisten die Stutenkerlpfeife bereits als Trillerpfeife ausgerufen. In Volkshochschulen liefen bereits die ersten Kurse mit der neuen *Flötentechnik zur Stutenkerlpfeife*. Oha. Lammerding sah sich gezwungen, die alten Stutenkerlpfeifen umweltgerecht zu entsorgen und sie gemäß § 8 der Stutenkerlverordnung durch, auf C gestimmte, Stutenkerltonpfeifen zu ersetzen. Und wieder mal stöhnte Lammerding nur noch: „Ich glaub', mich tritt ein Pferd!"

Nicht zu Unrecht. Wie zwischenzeitlich aus gut unterrichteten Kreisen zu vernehmen ist, wundern sich die Psychiater über die Fülle von Therapieanfragen von Seiten der Bäcker. In Fachkreisen ist längst von einer *Stutenkerlpsychose* die Rede. Lammerding hingegen trotzte dem Trouble von außen, blieb in seiner Backstube und versuchte, mit Arbeit einer beginnenden Nervenschwäche entgegenzuwirken.

Auf jeden Fall war es nun bereits so um den 6. Dezember, als Lammerding am Backtrog seinen Stutenkerlteig fleißig knetete. Doch dann das! Da klapperte plötzlich ein Hengst in die Backstube und wieherte: „Moin, Moin. Na, mal wieder fleißig?"

Hö? Lammerding dachte, ihn trete ein Pferd. Aber war da nicht schon mal was von einem Pferd, was im Flur stand? Herrjeh, drehte er tatsächlich nun auch so langsam durch? Nicht zu glauben so was, aber man wundert sich ja so langsam über nichts mehr! Also ganz ruhig. Nerven behalten.

Neugierig schaute Lammerding vorsichtig von seinem Backtrog auf, wischte sich den Schweiß von der Stirn und … Und der Hengst wieherte: „Lammerding, eine Frage, krieg ich hier wohl schöne Stuten?“

Wie bitte?! Mit bemehlter Hand schlug sich der Bäcker an die Stirn, schloss fest die Augen, schüttelte den Kopf und stotterte: „Also … Du bist mir ja vielleicht ’n Kerl!“ „Stimmt“, nickte der Hengst und wieherte gut gelaunt, „ich bin auch gerne ein Stutenkerl!“

Verrückt? Von wegen. Er setzte gleich noch hinzu: „Also, sei kein Frosch.“

Der Wetterfrosch

Es hüpfte einst, ohne Dispens,
ein Frosch – mit Schwung – weg von der Ems.
Er schaute um sich so beim Schlendern,
um sich beruflich zu verändern.

So kam er an in Quakenbrücke
und sah da gleich ‘ne tolle Mücke.
Sein Quaken dort verhieß ihm Glück,
in diesem Orte, Quakenbrück.

Man könnte nun darüber lachen,
doch mit Mücken Mücken machen,
ist unumwunden genial,
zumal gleich auch biovital.

So paart er clever seine Trümpfe
und spielt keck mit der Kunden Wünsche.
Er bläst sich auf, als hätt‘ er
im Sinn nur noch das Wetter;

verkündet’s lauthals mit Gequake,
schnappend fix nach Mück‘ und Schnake.
Inzwischen machte er mit Ehre,
als Wetterfrosch da Karriere –

und kann die größten Sprünge machen!
Lache, wer da noch will lachen …

Lumumba, statt Samba

Nicht immer springen die Frösche. Es ist nun mal so: Einmal so, einmal so. Und macht auch der April oft, was er will, macht wohl auch der Mai, vor Glück oft high. Doch nichts bleibt, wie es ist.

Schon lässt der Sommer die Früchte reifen, da wird es mit den Ernten auch schon herbstlich. Nicht mehr so grell, dehnt sich das milde Sonnenlicht, so als wolle es uns schmeicheln. An den Ufern der Ems steigen auch bald wieder die Morgen- und Abendnebel auf. Es zeigen sich die Grauzonen des Wetters. Das Thermometer fällt. Und wieder sind die Frösche unterwegs, wenn sie nun auch nicht mehr so springen wie im Frühjahr. Sie suchen sich zum Überwintern ein feuchtes, geschütztes Plätzchen in Nähe eines Gewässers, um dort alsbald in die Winterstarre zu fallen.

Heißt es, der Wechsel ist des Menschen Los, so gilt das nicht nur für uns Menschen. Schon vor dem beginnenden Winter werden die Tage kürzer. Sollten wir nicht auch endlich einmal kürzertreten? Mehr Ruhe, statt Getue. So kann klarer werden, was wesentlich ist.

Großes erscheint oft bemerkenswert klein,
das Kleine hingegen viel echter und rein.
So kommt, statt zu hadern mit seinem Geschick,
das wirklich Wichtige mehr in den Blick.

In Ruhe, statt Getue, können wir lernen,
uns vom A *und* Ω *nicht so weit zu entfernen.*

Frühe Abende weiten die Dunkelheit und beschützen die Ruhe. Da ist dann der Vollmond ein besonderer Lichtblick. Ganz anders als die leuchtende Sonne zeigt er sich uns wie ein Gong aus Gold. Das regt die Poesie an, so wie in einem Chanson einmal beschrieben: „Zwischen tausend Sternen, tausend Jahre lang, zieht er durch die Fernen seinen sanften Gang; sendend seine Helle über Fluss und Land, freundlicher Geselle, tröstlicher Trabant." Wie oft mögen Unzählige daraus Zuversicht und Ruhe geschöpft haben? Und wie oft wohl gab sein sanfter Schein, den Dichtern Reim und Ode ein?

Aber der Gong aus Gold ist nicht immer zu sehen. An der Ems schon gar nicht. Da bleibt schon mal ein Großteil meisterlicher Poesie in wallenden Wolken hängen. Ja und? Auch die düstern Tage haben was. Auch wenn man dann wohl mal im Nebel stochern muss. Dann ist hier der Gong aus Gold so fern, dass man froh ist, den nächsten Schritt tun zu können. Selbst grelles Licht hilft im Nebel nicht weiter, aber behutsame Bewegungen. Gegenstände werden erst im letzten Moment sichtbar. Lichten sich dann die Schwaden, kann das schon mal ein Gefühl befreiender Klarheit bewirken. Künstliches Licht schafft das nicht. Vielleicht singt man an der Ems deshalb nach wie vor gerne: „Die grauen Nebel hat das Licht durchdrungen ...", selbst wenn sie noch nicht dahin sind, „die düstern Tage". Was soll's? Manches sieht man im Dunklen besser, als bei Licht. Das wissen nicht nur Dichter.

Dazu gehört hier an der Ems wohl auch die Gabe, es sich gerade dann drinnen gemütlich zu machen, wenn es draußen ungemütlich wird. So auch, wenn, besonders im Herbst und Winter, mal wieder der *Nordwest* poltert. Wir sagen dann: Schau nur, den guten Kern des Menschen zeigt das schlechte Wetter. Was ist „schlechtes" Wetter? Liegt es nicht wohl an uns, es uns gerade dann schön gemütlich zu machen? Nun einfach nur vielleicht mit Leselämpchen, statt mit Liegestuhl.

Spätestens dann fliehen sie, die Sonnensüchtigen. Emsenthusiasten aber halten ihn aus, den *Nordwest;* sie lassen ihn sich austoben. Da kann es noch so stürmen und plörren. Was kommt, das geht auch wieder. Schauer sind nicht von Dauer. Sollen die Sonnensüchtigen flüchten, wir bleiben. Hauptsache es sind bei so einem bollerigen *Nordwest* Fenster und Türen „gut dicht". Das gilt besonders für freistehende Gebäude oder so Ecken, durch die der Sturmwind gerne fauchend fächelt. Davon künden noch heute alte Straßennamen. Da an der Ems bis vor gar nicht langer Zeit Plattdeutsch die gängige Umgangssprache war, haben viele Straßen und Wege auch heute noch plattdeutsche Namen, 21 von 91 allein in der Altstadt von Münster, der Hauptstadt Westfalens. So zum Beispiel die *Windbreede* (in der Bedeutung einer Breitseite des Windes); oder *Im Windhoek* (eine Straßenecke, wo sich ungestüme Windböen fangen). Das geht, entlang der Ems, so weiter bis zum *Westerdiek* nach Emden, jenem Deich, der beim *Nordwest* vor stürmisch einströmendem Wasser schützen soll. Ja, dann so langsam wird's ernst. Ansonsten Ruhe bewahren. Dann kann uns der Wind sogar auf ganz andere Gedanken bringen.

Wind, ob lind als Hauch oder als Sturm wohl auch, ist zwar etwas, was von außen kommt, wir selbst sind aber auch mit jedem Atemzug von dieser Energie durchdrungen. Gerade wenn es draußen stürmt und es drinnen am Leselämpchen gemütlich ist, könnte uns unser Atem ja vielleicht auch mal daran erinnern, dass wir nicht bloß Materie sind, sondern in uns etwas existent ist, was die Materie „durchlebt".

Könnte dieser Gedanke nicht auch schon etwas angstmindernd wirken? So gleicht der Sinn einer sanften Brise.

Dennoch kann sich bei allzu Feinfühligen das Graupelgrau aufs Gemüt legen; besonders im November, wo mit den tristen Trauertagen ohnehin schon die Stimmung auf halbmast hängt. Setzen emsgeprüfte Wetterstrategen auf Besonnenheit, impfen sich Gutwetterenthusiasten gegen den *Novemberblues* schon mal mit *Batida de Coco*. Andere wiederum schwören spitz auf *Aperol Spritz*. Egal. Nur schnell zum Reisebüro. Wohin? Na, wohin schon? Hauptsache Sonne, Sand und Samba. Und los geht's.

Schon wippt Maria, nein, nicht aus *Bahia*, sondern aus Greven, im Sambaschritt unter einer sonnenschützenden Hanfhuthaube und er, sombrerobehütet, nippt an einen *Tequila Sunrise*, mit Eis. Olé! Statt dass die Blendläden klappern, klappern die Kastagnetten. Und hier an der Ems?

Hier ist im November November. Warum deshalb gleich laufengehen? Ohne den November würde etwas fehlen. Landestypisch ist der November ein stiller Monat mit grauen Tagen, wo es tagsüber, feuchtklamm, gar nicht richtig hell wird. Über weite Landflächen wabern – emshin, emsher – Nebelschleierfahnen. Es scheint, sie umhüllen auch die Gedanken, die, oh je, nicht minder lichtlos das Gemüt eintrüben. Wo bleibt nur, erhebend und hold, der tröstende Gong aus Gold? Ja, geht diese Sehnsucht ins Leere, erklingt bereits von Ferne *der Novemberblues*. Da können wir nur sagen: „Gibt Schlimmers." Ein bisschen Melancholie kann auch ganz schön sein.

„Jaja", tönt's von irgendwoher verständnisvoll, doch mehr mitleiderregend. Es sei ja auch bald schon Dezember, mit Nikolaus, Punsch und Weihnachtsmärkten. „Wie bitte?" Nein. So weit ist es doch noch gar nicht. Noch ist November. Wieso fällt es uns so schwer, *zeitgemäß* zu leben? Warum nur immer dieser Drang, unzeitgemäß etwas gegen den Strich zu bürsten? Was soll das? An der Ems geht uns genau das mächtig gegen die Strömung. Immer gleich vorweg, quasi auf Pump, schon was erleben zu wollen und dann oft anders noch, als es wirklich wäre. Ist das nicht unnatürlich?

Was aus dem zeitlichen Rahmen fällt, fällt von Natur aus ohnehin durch. Sickert Sonne im Winter durchs Graupelgrau, ist sie anders als im Sommer. So ist auch Regen nicht gleich Regen. Alles ist mal so, mal so. Warum wollen wir es immer gleich anders? Machen wir doch lieber aus dem Gegebenen das Beste.

Ich rühre in einen heißen, kräftigen und süßen Kakao einen Asbach. So kredenze ich mir einen *Lumumba*. Dabei wäre vielleicht sogar *Samba* möglich. Möcht ich aber nicht. Der *Ems-Lumumba* reicht mir. Doch auf knuspriges Spritzgebäck möchte ich nicht verzichten. Soll's doch krümeln. Ich verkrümel mich in meine Lieblingsecke mit einem Buch meiner Wahl. Nun das Leselämpchen an, den Sessel ein wenig näher an's Licht gerückt, ein großes Kissen in den Rücken, die Beine hoch und dann … Dann sollen sie doch an den Sonnenstränden *Samba* tanzen. Mir ist Vivaldi nun lieber.

Was mehr? Nichts mehr. Alles ist gut. Dabei halten wir auf uns und unsere Art.

Etepetete

Ja, wir halten auf uns und unsere Art; unscheinbar, aber fein. Wir haben es drinnen gern gemütlich und draußen „schön prick", ordentlich, aber nicht außerordentlich ordentlich. An der Ems gibt es dafür sogar gleich zwei Wörter, *„stillefein"* und *„etepetete"*.

Davon zeugen, gerade im Münsterland, viele gepflegte Höfe und Gutshäuser, ja, sogar etliche Schlösser und Burgen, die um Gräften herum, seerosendurchwachsen, im Wasser träumen und in sandsteinwuchtigen Giebeln mit pingelnden Uhren der Zeit trotzen. Darin wohnen wie seit eh und je noch heute in vornehmer Zurückhaltung *die Von-und-Zu's*, stillefein und etepetete. Es lässt sich ja auch gut leben hier: Anheimelnd die abwechslungsreiche Landschaft mit reichlich frischer Luft, Wind, der sich rauschend in ausladenden Baumkronen fängt. Dann wieder struppige Weidenköpfe zwischen weiten Wiesen, dahinter ausgedehnte, von Pflugscharen aufgebrochene Äcker, andere Felder wieder von Striegel- oder Grubbereggen behutsam belüftet. Aber hier und da auch immer noch windfangende Wallhecken, die schon mal in verwunschene Wälder münden, da, wo sich Fuchs und Hase gute Nacht sagen.

Da sind wir dann auch sicher nicht weit ab von der fietsenfeinen *100-Schlösser-Route* im Münsterland, eine der schönsten deutschen Radrouten. Den *Pättkes* (Geh- und Radwege) entlang zeigen sich, nicht aufdringlich, aber stillefein, die seerosengeschmückten Wehrgräben um märchenhafte Schlösser und Burgen, so, als wollten sie sich vor der lauten Welt verstecken. Welch stille Pracht.

Bundesweit sind diese Perlen aus Nordwest als Geheimtipp geschätzt. So wurde im schwäbischen Albershausen vor Jahren von der Volkshochschule eine *Emstraumreise ins Münsterland* angeboten, beworben mit dem wohlwollenden Imperativ: „Da müssen Sie hin!“ Denn durch grüne Wiesen und Wälder ginge es hin zu prächtigen Domen und stattlichen Wasserschlössern, in denen noch heute, nobel und fein, alter Adel Hof hielte.

Wer sich „oben an der Ems“ in diesen nordwestlichen Teil Deutschlands begebe, tauche ein in eine stille Welt wie aus dem Märchenbuch. Das Münsterland mit dem nahen Emsland müsse man gesehen haben. Überall gehe es ein wenig zurückhaltend, dennoch aber herzlich zu, *etepetete,* wie es so schön hieße.

„Da muss man hin.“ Wie verlockend! Es ist der eigenartige Reiz dieser Landschaft, der den herben Charme der Menschen ausmacht. Hier lässt es sich leben, *stillefein*, mit ruhigem Gemüt, ohne *Tüdelatüt*. Fein wie auf *Haus Welbergen.*

Als Beispiel von vielen steht *Haus Welbergen* für das typisch norddeutsche Understatement. Wer weiß schon, was sich hinter dieser schlichten Bezeichnung „Haus" verbirgt? Mag das auch auf vornehme Distanz deuten, so gilt *Haus Welbergen* umso mehr als Kleinod der westfälischen Wasserburg, wo nach wie vor mit Stil und Etikette gilt: *Noblesse oblige*.

Selbstverständlich soll damit keinem Hofknicks mehr das Wort geredet werden; unberührt davon aber bleiben Höflichkeit, Anstand und eine gepflegte Lebensart. Das Wort *Contenance* trifft es , wohl auch das feine Wörtchen *etepetete.*

Etepetete kommt in seiner Grundform aus dem alten niederdeutschen *„etjerpotetjer"*, das heißt so viel wie „sich taktvoll benehmen" und auf gute, aber unaufdringliche Kleidung achten.

Theodor Fontane (1819 – 1898) spricht in seiner Novelle „Unterm Birnbaum" von einer Frau, die sich mit ihrem türkischen Schal herumziert und sich dabei als die Reitweinsche Gräfin mehr als *öterpotöter* gibt. Lassen wir sie, diese Gräfin aus dem Oderbruch. Wenden wir uns dafür lieber der edlen Dame von Haus Welbergen zu, die in dieser stattlichen Wasserburg vor gar nicht langer Zeit noch, *etepetete,* Hof hielt.

Es war eine Besichtigung der Feldkämper Junggesellenschützen im *Haus Welbergen* vorgesehen. Wochen vorher schwor der Vorsitzende seine Schützenbrüder bereits auf dieses Ereignis ein: „Jungs", rief er ihnen zu, „denkt daran, immer schön etepetete! Wir Feldkämper Schützen wollen uns da nicht blamieren. Alles klar?" Alles klar. Man weiß schließlich, was sich gehört.

Am Welbergentage führte immerhin die Kulturbeauftragte des Kreises Steinfurt höchstpersönlich durch das stattliche Anwesen; eine aparte Dame mittleren Alters in Piquet-Bluse, Plisseerock und Pumps mit Blockabsatz. Fein, fein. Stillefein.

Die Dame wusste auch Interessantes zu berichten. Das ließ aufhorchen, was da seit 1282 auf *Haus Welbergen* im Laufe der Zeit nicht so alles geschehen war. Züchtige Baronessen gaben unzüchtigen Hetären und Mätressen die Klinken in die Hände und ... Na, wer hätte das gedacht? Die Junggesellen lauschten gebannt. Der eine kniff dem anderen ein Auge zu. Sogar das alte Jagdhorn hing noch an der Wand, mit dem nicht nur zum Halali, sondern immer auch zum Wechsel der Regentschaften des Hauses im Laufe der Zeiten geblasen wurde.

1929 endlich ging die Wasserburg von der Aristokratie in den Geldadel über. Der reiche holländische Bankier Jan Jordaan van Heek kaufte sie. Nach dessen Tod bewohnte zuletzt allein seine attraktive Frau Bertha das prächtige Anwesen. In ehrender Erinnerung, so die kulturbeflissene Gästeführerin, sei im Schloss ihr Zimmer bis heute unberührt. Und die aparte Frau verkündete: „Wer möchte, kann gleich sogar, aber bitte diskret, das Zimmer besichtigen, in der die attraktive Witwe Berta ausgezogen ist."

Oha. Wer hätte das gedacht?

Sogleich rief der Vorsitzende seinen Mannen zu: „Also Jungs, alle mal herhören! Schön etepetete der Reihe nach! Und nicht, dass da gleich alle auf einmal ins Zimmer stürzen, wo die werte Dame ausgezogen ist!"

Das emsdezente Puchen

Zu *stillefein* und *etepetete* passt wiederum auch nicht so ganz, was an der Ems mit *Puchen* (prahlen, angeben) umschrieben ist. Besser hierzu passt denn wohl auch der typische Emsspruch: „Nie aufgeben, ab und zu was abgeben und unmerklich angeben." Man beachte das letzte Adjektiv, *unmerklich*. Das kommt schon fast einer Quadratur des Kreises gleich. Und doch können das viele hier: emsdezent puchen.

Hand auf's Herz, wer möchte nicht hin und wieder, bei passender Gelegenheit, „ein büschen dicketun". Aber dieses Bisschen anderen gegenüber unmerklich rüberzubringen, das ist schon fast eine Emskunst. Bescheiden Puchen, na ja.

Es erfordert Aufmerksamkeit zu erregen, dabei aber zugleich die Aufmerksamkeit von sich selbst abzulenken. Wie das nun wieder? Hören wir genauer hin.

Also: Wer meint, er müsse in Gesprächen mit Fremdwörtern beeindrucken, ist gleich schon untendurch.

Hier heißt es eben „Puchen, statt Strunzen".

Das plattdeutsche *Puchen* kommt von „pochen" und heißt so viel wie anklopfen. Also in etwa: „Ach, was ich noch sagen wollte …" Merke: Die Kunst des Puchens liegt darin, durch vermeintliche Nebensächlichkeiten Neugier zu wecken. Von guten Treffern künden so Sätze wie: „Sieh an, sieh an; wer hätte das gedacht!" „Na das is ja interessant!" Just nun aber bitte Vorsicht. Schön ruhig bleiben, als sei das alles selbstverständlich. Nichts Besonderes.

Gibt da womöglich aber jemand an, er hätte in der letzten Woche auf dem grünen Hügel in Bayreuth zu Frau Wagner gesagt: „Katharina, der zweite Akt könnte durch Isolde noch ein wenig mehr Timbre vertragen", so wird das hier unkommentiert bleiben, weil jeder denkt: „Der tickt doch wohl nicht richtig."

Weitaus besser ist es, sozusagen „über Eck" für sich puchen zu lassen. Sagt etwa der Fußballbundestrainer beim gelegentlichen Einladungsbesuch von Raspo (Rasensportverien) *Emsstern*, er wäre beeindruckt „von der perfekten sportlichen Leistung hier vor Ort", wird das keiner für sich behalten. Nein. Alle werden gleich von dem tollen Bundestrainer reden!

So pucht man beispielsweise noch heute gerne im Weiler Stankt Arnold bei Neuenkirchen mit dem Besuch des damaligen Fußballbundestrainers Sepp Herberger (1897 – 1977), der dort 1968 dem TuS Neuenkirchen die Ehre gab. Da kann der Nachbarverein SV 05 Emsdetten noch so gut trappen, er hat aber nun mal *kein Sepp-Herberger-Stadion*. In Neuenkirchen hingegen geht es noch heute über die *Sepp-Herber-Straße* ins Stankt-Arnolder *Sepp-Herberger-Stadion*, wo es nach wie vor bei den Kreisligaspielen des TuS Neuenkirchen von den Rängen schallt:

Zicke, zacke, zicke, zacke! Heu, heu, heu!
Ticke, tacke, Seppelhacke! Toi, toi, toi!

Könnte er doch diese ihm gewidmeten Anfeuerungsrufe noch hören, der Sepp. Nur hier brüstet man sich heute noch mit den ihm gewidmeten *Seppelhacken!*

Privat ist das anders. Das Wohnzimmer ist kein Fußballstadion. Statt finess'ge „Seppelhacken", legt dort man gern den Kopp in 'n Nacken – um außergewöhnlich Vernommenes in sich wirken zu lassen. Das *Puchen* im eigenen Heim entspringt dem kleinen Keim. Dabei, vom Anfang bis zum End, immer schön dezent.

Vielleicht, dass man sich wundert, dass der Heiner (Dr. Heiner Wilmer, gut plattdeutsch sprechender Bischof von

Hildesheim, gebürtig aus Schapen) schon lange nichts mehr von sich hat hören lassen. Als Bischof habe er heute ja auch kein leichtes Amt. Da bliebe wohl kaum noch Zeit für einen Anruf.

Gut ließe sich auch fragen, ob der Sessel bequem genug sei, weil Baron von Heeremann von der nahen Surenburg (Wasserschloss bei Riesenbeck im Münsterland) ihn schon mal wegen seiner Rückenprobleme mit dem alten Binsenstuhl des Hauses getauscht hätte. Ebenso ließe sich sagen: „Oh ja, in diesem Sessel sitzt auch immer gerne Hendrik Wüst, wenn er bei einem kurzen Tripp durchs Münsterland mal eben wieder bei uns vorbeischaut. Man soll's nicht meinen, aber er findet unseren Garten immer so bemerkenswert."

Sieh an, sieh an … So oder ähnlich ließe sich nett plaudernd weiterpuchen. Nur nicht gleich auch noch mit Handybildern oder Fotoalben kommen!

Lieber im Erzählmodus bleiben. Aber immer schön unterhalb des Aufdringlichen. So machen Weltreisen zwischenzeitlich nicht viel mehr her. Ein Wort nur: Flugscham. Und wen interessiert noch ein Sockengang in die große persische Freitagsmoschee? Weit mehr Eindruck macht da heute eine klimafreundliche Rucksacktour auf dem Camino. Wie bitte? „Oh ja, wir haben da sogar die Merkel unterwegs getroffen."

Als sie noch Bundeskanzlerin war, wanderte sie ja gerne mal weltverloren mit Reinhold Messner auf nicht immer geraden Bergbezwingerpfaden. Doch, wie sie sagte, habe sie nun als ehemalige Pfarrerstochter das Pilgern auf entlegenen Routen für sich entdeckt. Oh ja, das müsse man sagen, Angela sei für ihr Alter noch gut auf den Beinen! Man habe, selbst bei interessanten Gesprächen, so gerade noch mit ihr Schritt halten können. Selbst als es einmal mehr als beschwerlich geworden sei, hätte sie gerufen: „Wir schaffen das!" So habe man, Dank Angela, auf dem *Camino* auch gut durchgehalten. Gut so, denn die Ankunft in *Santiago* wäre unbeschreiblich gewesen.

Im *Pórtico de la Gloria* (Hauptportal der Kathedrale) habe tatsächlich der Papst persönlich gestanden. Er sei dort gerade auf Pastoralreise gewesen. Und das müsse man einfach mal sagen, mit Franziskus, nicht wahr, also da könne man sich wirklich gut unterhalten.

Ach ja, jetzt im Frühjahr, wo der Lenz erwache, sei es im Süden ja noch nicht so heiß, drum ginge es in der übernächsten Woche auch gleich mal wieder nach Rom …

Lenz liegt in der Luft

Brilliert mit beginnendem Frühling die Sonne wohl in Rom auch schon weit wärmer als hier, so hat doch auch der Lenz an der Ems alle Jahre wieder seinen eigenen Reiz.

Aus dem Haus heraus ruft es mir zu: „Der Kaffe ist gleich durch!“ Nur für Emsfremde: An der Ems sagen wir „Kaffe“, nicht Kaffee. Unser *Kaffe* kommt aus Bremen, Sorte *Arabica,* Mahlgrad 6; er wird „mit brausend heiß Wasser“ durch die gute alte Melittatüte gegossen, um „keinen Prütt nicht in der Tasse zu haben“. Dabei dröppelt er nicht in eine Tasse, sondern in einen *Kaffepott*. Tassen sind mehr was für die feinen Damen, die gerne vom zierlichen Tassenohr ihr kleines Fingerchen so nüdlich abspreizen. Diese Art Vornehmheit jedoch, du liebe Fee, sie ist passé.

Heute hantieren Coffiefreaks an ihrer Espressomaschine. Gott Dank ist unser *Kaffe* kein Espresso. Der braucht sich nicht erst fauchend, röhrend und zischend durch chromglitzernde Röhren winden, um dann gärend in ein klobig knauseriges Keramikkübelchen zu tröpfeln. Ach was. So doch nicht! So ein rausgepresster *Lavazza* in Ehren, er ist aber nicht unser Begehren. Uns reicht *Kaffe.* Und dann ruhig schlürfend trinken; nur andere dabei nicht durch den Kakao ziehen.

Also da capo: „Was is?! Ich bin mit dem *Kaffe* gleich soweit!“ Eher ich lapidar antworten kann, kommt stracks noch die besorgte Frage hinterher: „Ist das zum Draußensitzen nich wohl noch was zu frisch?“ „Nö!“, quäke ich träge zurück. Um noch ein Weile Ruhe zu haben, kläre ich: „Hier, Südseite, kann man’s schon gut aushalten! Män nich gleich so fix da mit dem *Kaffe*, der läuft schon nicht weg.“

Mag auch der Kaffeeduft locken, mir scheint, just hier draußen wird nun meine Nase begieriger nach anderen Wohlgerüchen. Es ist mir, als vernähme ich mal wieder Ahnenvaters Wetterecho: „Der Wind hat sich gedreht – es tut sich was." Ich nicke vor mich hin. Ja. Der Lenz liegt in der Luft.

Irgendwie riecht es auch gleich anders. Wie? Schlecht zu sagen. Man könnte sagen, so wie ein Wispern, das die Nase hört. Ja. Genauso. Eine kuriose Empfindungsmelange aus Luft- und Erdmolekülen. Ein Bouquet aus aufgebrochener Ackerscholle und frischfeinem Birkenduft. Unvergleichlich. So ist das: Lenz liegt in der Luft.

Ich sitze auf der Hausbank. Nebenbei bemerkt ist an der Ems ein Haus ohne Hausbank kein komplettes Haus. Ich kann nun endlich wieder, Südseite, unter freiem Himmel sitzen und die erste milde Mittagssonne genießen. Herrlich – und doch ... Oh. Unwillkürlich ziehe ich mich zusammen. An der Ems bleibt's wohl doch noch ein wenig länger kühl. Prompt pustet aus Nordwest eine schattige Windböe um die Ecke. In der Bodensenke vor mir bibbert die verbliebene Wasserpfütze. Das Licht kräuselt sich in ihr. Doch das war's auch schon. Die frische Böe machte nicht mehr viel her. Das bisschen Wind war nur Luft. Die Sonne lacht bereits darüber. Lenz liegt in der Luft.

Das scheint auch ein Kiebitz gemerkt zu haben. Flugs lässt er sich – wipp, wipp – mit munterem Gehüpf an der Pfütze nieder, schaut sich um, schaut auf die Pfütze und ruft übermütig seinen eigenen Namen, so als wolle er ausrufen: „Ja, ist denn das die Möglichkeit? Ich bin's!" Toll. Auch er hat es wohl schon gespürt: Lenz liegt in der Luft.

Seitab schaut sich das mit nur halb geöffneten Augen Bello teilnahmslos träge an. Ganz still liegt er in der ersten Mittagssonne, den Kopf flach auf die Vorderpfoten gelegt.

Mit einem eintrötig sachten Knurren signalisiert er, wohlig dahindämmernd, nur vages Interesse. Immerhin öffnet er ungerührt auch noch das andere Auge, so, als wolle er dem Kiebitz sagen: „Nun zappel da doch nicht gleich so überdreht herum. Lass dich lieber von den ersten warmen Sonnenstrahlen streicheln." Auch Bellos Witterung trügt ihn nicht: Lenz liegt in der Luft.

Wie Bello blinzele ich mit halbgeöffneten Augen in den weltenfernen Himmel. Soeben feinblau, längst nicht mehr so grau. Mir ist, als wirke schon etwas Wärme mit durch, so als wollten sich Licht und Sonne vermischen, Himmel und Erde eins werden. Das gibt's wohl nur im Frühling. Ja, der liebe Lenz liegt in der Luft.

Ich atme tief durch. Das Frühjahr hat viele Aromen. Als hätte sich der Birkenduft verflüchtigt, riecht es plötzlich gesünder, krautig-bitter. Das macht, wohl vorn von der Hecke her, der Holunderbusch. Es scheint, als wollten in der wohligwarmen Mittagssonne seine üppigen Knospen schon platzen. Das verströmt dieses intensive Aroma. Zieht das die Vögel an?

Plötzlich ist's ein Piepen, Zwitschern, Hüpfen, Flattern und Springen. Besonders seitlich, da am gluckernden Grabenrand. Das plätschernde Wasser funkelt um den alten Birkenstamm herum. Die Birke ist so alt wie ich. Der alte Gayer, mein Urgroßvater, hat mir oft erzählt, dass die kleine Birke damals zu meiner Taufe sein Geschenk an mich war; keine Eiche oder Linde, nein eine Birke, da die Birke den Norddeutschen ein Baum der Liebe, des Lebens und des Glücks ist. Sie habe es da im Garten „erst gar nicht so recht tun wollen", dann aber doch „gut Fuß gefasst". Und wie exquisit hat sie sich hier im Laufe der Jahre gemacht. Konnte nicht flüchten, weil's woanders vielleicht schöner gewesen wäre; nein, sie musste sich dort entwickeln, wo sie war. Hier. So ein Baum ist Mutmacher für ein „verwurzelt Weitergehen", wie es Hilde Domin (1909 – 2006) in ihrem Gedicht *Ziehende Landschaft* trefflich beschreibt. Ich nicke bei dem Gedanken, dass, wer verwurzelt sich fühlt, den Stürmen des Lebens wohl auch besser standhalten kann. Ist sie deshalb zu meinem Lieblingsbaum geworden, die Birke?

Just so, als wolle der Baum auf seine Art antworten, scheint es, als versuche er mit seinen feinen, peitschenförmigen Zweigen grazil noch etwas vom Wind einzufangen, um es mir zufächern zu wollen. Es ist aber nicht mehr viel zu fangen, denn: Lenz liegt in der Luft.

Ich werde wieder gerufen, streng. „Los jetzt! Kaffe und Liebe sind heiß am besten!" „Leise, nicht so laut." Bloß mal wieder Anspruch, so ein Spruch. „Jaja, bin gleich da." Ich recke mich, stütze die Hände auf die Knie und stehe auf. Die Birke zieht mich magisch an. Aus einer Borkenwunde quillt ein Tropfen, ein Tropfen Birkenfrühlingssaft. Fein funkelt die Sonne darin. Ich tippe mit dem Zeigefinger daran und nippe davon. Reines Frühlingsaroma! Ich denke: „Dagegen könnte man den Kaffe nun einfrieren." Lenz liegt in der Luft.

Achtsamkeit

Nein, Popocatepétl nicht,
auch Chichicastenango nicht,
das coolste Wort wohl weit und breit,
ist schlicht und einfach: Achtsamkeit.

Eine nachhaltig wirkende Achtsamkeit fördert

das Emsprinzip

Es lautet:

Beständig im Kleinen,
mit sich selbst im Reinen

Jeden Tag einfach mal staunen
und überwinden schlechte Launen.
Jeden Tag etwas genießen,
so auch mit Wonne Blumen gießen.

Jeden Tag auf Schönes achten
und sinnenfroh die Welt betrachten.
Jeden Tag das Glück ergründen
und Kleines dabei groß empfinden.

Jeden Tag was Gutes loben
und innehalten, nicht gleich toben.
Jeden Tag was Nettes machen
und stillvergnügt wohl auch mal lachen.

Jeden Tag mit festen Händen
das, was stört, gleich emsig wenden.
Jeden Tag auch mal ein Nein –
und trennen zwischen Schein und Sein.

Jeden Tag ein bisschen lernen
und Oberflächliches entkernen.
Jeden Tag ein Stündchen laufen,
dabei auch schwitzend ruhig mal schnaufen.

Jeden Tag was Schönes tun
und hin und wieder gern mal ruhn.
Jeden Tag bejahend lieben –
und Freudiges ja nicht verschieben.

Jeden Tag für etwas danken;
Armen Gutes tun und Kranken.
Jeden Tag an Gott sich wenden –
behütet ruhn in seinen Händen.

Donnerwetter

Was man auch macht, ob man keift oder lacht, es gibt zuweilen mit Geschmetter, auch blitzend mal ein Donnerwetter. Dabei gibt's eine Wahrheit mit gewähr: Kein Donner kommt von ungefähr.

Daraus ließe sich auch folgern, dass das Wetter mit der Natur, das Unwetter aber immer mehr auch mit dem Menschen zu tun hat … Nicht umsonst werden die Sommergewitter immer bedrohlicher.

Wie geahnt, war es nun schon gegen zehn heiß. Und es wurde immer heißer. Selbst die Hühner scharren schon um diese Zeit nicht mehr auf dem Mist. Sie liegen glucken-breit dicht am Holunderbusch, dessen weiße Dolden kopfhängend träge auf sie niederschauen. Nur die dralle weiße Legehenne wirft ihren wabbelig roten Kamm mit einem Ruck zur Seite. Dabei stimmt sie ein teilnahmslos brüchiges Einklanggetröte an. Und die anderen Rotländerdamen? Als wollten sie ein Sandbad nehmen, plustern sich zwei prächtige Hennen flügelschlagend auf. Der pulvertrockene Staub, der dabei aufwirbelt, hängt noch einen Moment in der Luft. Da sind die Hühner auch schon wieder in sich zusammengesackt, zu faul für die Hühnerleiter. Augen zu, so als wollten sie Grete in ihr Smartphone funken: „Lass uns heute mal in Ruh und kümmere dich nicht um ungelegte Eier."

Kaum richtig begonnen, beginnt auch schon der Tag zu kippen. Draußen flimmert die Luft über rissige Erdplatten. Da hilft auch die nahe Ems nichts, die selbst schon merklich in sich zusammengefallen ist. Klimawandel. Das ist nicht nur nicht heiß. Es glüht. Dabei glost das Sonnenlicht milchig. Beim Blick nach draußen scheint es Grete, als würde sie durch welliges Glas schauen. „In der Unrast schenke Ruh, hauch in der Hitz‘ uns Kühlung zu“, dieser Satz aus der alten Pfingstsequenz lässt Grete nicht mehr los. „Schon heut‘ Morgen flogen die Schwalben so niedrig“, hört sie geistesabwesend Alfons hereinkommen. Ihr Mann meint: „Das könnte gleich noch wohl richtig was geben. Ich kann hier bei dem Wetter ohnehin nicht mehr viel machen. Dum fahr ich jetzt lieber kurz noch in die Stadt zum Baumarkt.“ „Nur zu“, antwortet Grete, „dann kann ich noch gut was in der kühlen Nähstube machen.“ Grete ist da gern mit sich allein. Sie ruft ihm nach: „Bring aus der Apotheke bitte noch 'ne Zeckenzange mit!“ Aber da schlägt auch schon die Autotür zu. Und Grete ist allein.

Sie schaut besorgt nach draußen. Da liegt was in der Luft, dass sie ängstigt. „O Herr, mien Huus“, entfährt es ihr. Wenn's plattdeutsch wird, sind die Gefühle stärker als der Kopf. O Goddegott …

Schwere Sommerunwetter sind auch hierzulande keine Seltenheit mehr. Unwetter? Es wird immer schlimmer mit den verheerenden Stürmen, die gleich sintflutartige Regenfluten mit sich bringen und auf Feld und Fluren nur so niederplatschen. Wo soll das noch hinführen? Ist es auch draußen noch so still, umso drohender das kommende Donnerwetter. Diese Stille macht nicht ruhig, sie macht Angst – und diese Angst wiederum macht uns beunruhigend still.

Feuchtheiß krümmt die Hitze den königsblauen Rittersporn und lässt ihn jetzt nur noch schlaffmatt über die gelb verwelkte Grasnarbe neben der Hainbuchenhecke hängen. Grete wischt sich die schweißnasse Stirn: „In der Unrast schenke Ruh, hauch in der Hitz‘ uns Kühlung zu …“

Grete versucht sich an der Nähmaschine abzulenken. Dennoch geht sie an das offene Fenster und schaut hinaus. Ungeachtet der Hitze lässt sich die Sonne nur noch durch einen violetten Schleier erahnen. Drumherum verfärbt sich zinngrau der Himmel. „Das sieht nicht gut aus", sinniert sie. Die Frau spürt, wie die Bedrohung wächst. Es ist, als dränge sich von draußen her das fiebrige Dunkelanthrazit bereits durchs Haus. Grete sieht schwarz. Sie fühlt die Luft zittern. In Bruchteilen von Sekunden zuckt es vage von Ferne her. Dumpf rollt bolleriges Grollen näher. Deutlicher zucken die ersten filigranen Blitzformationen von Ferne auf.

Wie trotzig schnurrt Grete mit der alten Pfaff schmalkantig am Saum einer unteren Hemdnaht entlang, ein Fädchen dabei im Mund. Das Fenster steht nach wie vor sperrangelweit offen. Vom Hof her rascheln die Baumkronen der alten Eichen. Noch scheint es, als fühlten sie sich vom Wind nur gekitzelt. Grete hebt den Kopf, dreht ihn, um die Nackenmuskulatur zu lockern. Sie kreist am Handrad der Nähmaschine, löst den Hebel zur Fadenspannung und steht auf.

Aus den weiten Fluren und Räumen des Hauses ist nichts zu hören. Nur von draußen her rollt der Donner näher. Grete steht auf. Sie will das Fenster schließen, bleibt dort aber gedankenverloren stehen. Selbstvergessen schaut sie auf die Kühe. Leer die Wiese, stehen die Rotbunten dichtgedrängt an der Tränke unter den Bäumen beisammen. Regungslos. Nur ein Buchfink ruft noch aufgeregt gegen das Blätterrascheln an, so als ahne er nichts Gutes. Grete reibt sich ihre Nasenspitze. Beim Zucken der Blitze, zählt sie die Sekunden und multipliziert die Summe mit 340 Metern … Die Gewitterfront rückt näher.

Erste Böen wälzen die Hitze um. „Hauch in der Hitze Kühlung zu", ihre Bitte scheint erhört zu werden. Wie von Wärme umpuffert, drückt sich ungestüm schamlos ein Schwall kühler Luft gegen ihre Brust. Das macht sie unerklärlich euphorisch. Wie weggetreten steht Grete am Fenster. Da draußen erscheint ihr alles in einem unwirklichen Licht. Licht oder Dunkel?

Es ist, als könne man ein Knistern in der Luft hören. Ganz hinten, noch hinter dem Schweineauslauf des Stalles, reckt sich solitär der alte Birnbaum himmelan, so als wolle er dem Unheil Paroli bieten. Grete wischt sich mit dem rechten Schürzenende den Schweiß von der Stirn.

Wie war das? Hatte nicht noch Ende Januar ihr Mann gemault: „Den alten Kostgänger hau ich um. Was trägt der denn noch?" Sie hatte ihm die schroffe Absicht soeben noch ausreden können. Der alte Birnbaum rührte ihr Herz. Auf der Bank unter ihm hatten schon Generationen des Hofes beieinandergesessen, um sich die Welt zu erklären. „Und wie schön er wieder trägt", freut sie sich.

Wie schön auch noch im Frühjahr sein feiner Duft, der die summenden Immen lockte, die sich munter in ihm tummelten. Wildbienen. Grete nickt. Bald hängen sie dort wieder, klein aber dickbauchig, gelbgrün mit braunroten Flecken, saftig-süß, die leckeren Birnen mit ihrer rotgeäderten

Frucht. Es gibt sie kaum noch, die *Westfälische Speckbirne.* Selbst an der Ems hier ist sie zwischenzeitlich eine Rarität. Geht man da so einfach mit Beil und Säge dran? Überhaupt, ist so ein Baum nicht viel mehr als nur Holz?

Oh, das war nah! Da gibt es nichts mehr zu zählen. Ein Blitz wie ein Peitschenhieb. Gott bewahre. Wie trotzig bleibt Grete am offenen Fenster, zieht aber einen Fensterflügel schützend vor sich. Es beginnt unwirsch zu stürmen. Mit lautem Knall schlägt irgendwo im Haus eine Tür. Dicke Tropfen platschen hart aufs Abdach der Scheune. Da prasselt es auch schon. Im Hof patscht das Wasser. Es fällt nur so vom Himmel. Wild zaust der Sturm die Baumkronen. Nur der Birnbaum scheint sich, hin und her schwankend, aufrecht zu halten.

Nun noch ein Blitz. Ein greller Blitz mit unmittelbar krachendem Knall. Berstend knackt der Donner. Oh Gott! Geschockt schlägt sich Grete mit weit aufgerissenen Augen die Hand vor den Mund. Sie glaubt nicht, was sie sieht. Der Birnbaum. Es hat ihn getroffen, mit klaffender Wunde am Stamm. Sich ergebend, wankt splitterndes Astwerk zu Boden. Stand die Bank daneben nicht für einen Moment in greller Flamme? Sie ist schwarz angesengt. Ratz schlägt Grete scheppernd das Fenster zu. Ihr Schrei bleibt draußen. Eine Sturmböe hat ihn mit sich gerissen. Verstört läuft die Bäuerin im Haus umher und nimmt den Rosenkranz. Ihr Gebet scheint zu wirken. Wie nach einem Handstreich ist nur Minuten später alles wieder still.

Letzte füllige Tropfen platschen vereinzelt von irgendwoher irgendwohin. Auf den Hof hinaus öffnet Grete zaghaft die Haustür. Ein Wendehals wagt schon wieder zu trällern: „Wie-wie-wiet-wiet-wiet …“ Könnte das „Weit, weit“, bedeuten? Sein Schnabel scheint auch mit Plattdeutsch fertig zu werden. So schnell das Unwetter gekommen war, so schnell ist es auch schon wieder vorbei.

Versöhnlich wagt sich ein erster Sonnenstrahl durch die feuchtwarm aufsteigenden Dunstschwaden. Die Wiesen dampfen. Heiser muhen zwei Kühe. Es ist, als hätte die Natur gebadet. Still ist's, als würden Donner, Blitz und Wind sich nun vor diesem Sonnenstrahl verneigen – und mit dem Blau, das wieder Macht gewinnt, dringt Vogelzwitschern in das bange Schweigen.

Als der Bauer aus der Stadt zurückkehrt, versteht er das Klagen seiner Frau nicht. „Stell dich doch nicht so an", sagt er, „gut, dass es nur den alten Birnbaum da hinten getroffen hat. Morgen hole ich Axt und Säge, dann kriegt er den Rest."

„Ach", denkt Grete, „was euch Männern bis an's Knie geht, geht uns Frauen bis an's Herz."

Sommertage an der Ems

„Die Hitzefront mit teils kräftigen Unwettern wurde von einem Tiefausläufer über den Azoren südöstlich in Richtung Balkan abgedrängt, sodass sich bei uns von Norden her nun eine angenehme Sommerfrische mit Werten um die fünfundzwanzig Grad ausdehnen kann. Es bleibt trocken, der Wind ist schwach und kommt aus nordwestlicher Richtung." Rede jetzt bitte niemand mit seinem elenden Rheuma dazwischen, denn es scheint nun auch hier an der Ems ein schöner Sommertag zu werden. Das ist die Sommerfrische, wie wir sie mögen.

Das Frühstück mit einem „strammen Max", ist schon mal genau richtig. Solange es bis mittags noch nicht zu heiß ist, ist im Garten noch einiges zu tun. Ab mittags wird's dann trotz der angesagten Sommerfrische wohl auch ein wenig schwitzig. Da ist dann ein fuffiger Apfelpfannkuchen mit einem kühlen Glas Zitronenwasser genau das Richtige. Noch ein weiteres Glas davon nehme ich nach dem Essen mit in den Garten. Mittagsruhe, im Liegestuhl unter der schattigen alten Kastanie.

Ich räkele mich in meinem Liegeklappstuhl. Unter der weitausladenden Kastanienkrone pfeife ich auf krumme Kokuspalmen an tropischen Stränden. Wohlig strecke ich mich langhin. Augen zu, Mittagsruh. Nun nur noch „ressen" (plattd. von rasten). An der Ems gibt es dafür eigene Wörter: *Ressen*, *Unnerst* (unter den Arbeitsstunden des Tages ruhen) aber auch *Nööneken* (aus dem engl. *Noon*, „is twelve o'clock in the middle of the day."). Die *Non* ist auch in Klöstern *die Mittagshore*. Meinetwegen. Mir reicht die schattenspendende Kastanie. Tagträumend sinke ich auch schon in mich hinein. Und schnuppere …

Macht es der ländliche Geruch vom nahen Komposthaufen? Die Gedanken schweifen um Jahre zurück in meine Kindersommerferienzeit auf einem Bauernhof bei Verwandten im Emsland. Sogleich stromere ich gedanklich dort herum, sehe alles wie damals.

Durch die Diele ging es bei Tante Marie gleich in die Küche. Die „gute Stube“ war nur ein Raum für sonntags oder für Feiertage, sie war meist verschlossen und für mich als Ferienkind ohnehin eine Kammer mit sieben Siegeln.

Dafür war die großräumige Küche mit der wuchtigen Küppersbusch Kochmaschine, die nach der Kocherei immer gleich mit Sidol-Herdreiniger glänzend gewienert wurde, das Wohnzimmer für jeden Tag. Weit ausladend darin die stabile Lindentafel, ein Tisch, der mehr als ein Dutzend Hungrigen bequem Platz bot und samstags mit Seifenlauge von den Flecken der vergangenen Woche blankgescheuert wurde. Seitlich davon, das ellenlange, hoch aufragende *„Küchenschapp“* aus Eiche. Darin *„Pötte un Pannen“* en gros samt Kaffee- und Teegeschirr.

Der eigentliche Arbeitsraum aber war die Milchküche mit der ellenlangen Schwengelpumpe, an der ich immer mit Freuden hing, wenn mit weitausladendem Armschwung frisches Grundwasser aus dem hauseigenen Erdreich in den eckigen Steintrog plätscherte. Gülle, und somit Nitrat, waren noch unbekannt. Aber ein eckig aufgehäufter Misthaufen, auf dem von morgens bis abends Federvieh kratzte, wurde immer mal wieder schichtweise portioniert. Ob naher Garten oder jenseitiger Acker, vom Mist kam als Dünger immer „was mit drunter“.

Unbewusst bemerke ich, wie ich nach einer Röchelweile wieder tief durchatme – und gleich auch wieder schnuppere. Tatsächlich wecken typische Gerüche viele alte Erinnerungen. Mistgeruch. Wie belebend der sein kann.

In der Milchküche aber roch es immer nur nach Milchküche. Irgendwie süßsauer, dieser seltene Geruch. In der Milchküche waren die Ärmel immer hochgekrempelt. Hier wurde nicht nur die frisch gemolkene Milch abgeseiht, hier wurde alles gemacht: Einkochen, Wursten, Säfte und Marmeladen kochen, Buttern, Kartoffeln schälen, Gemüse putzen und wer weiß was sonst nicht noch alles.

Bei alldem muhte aus dem Stall nebenan die eine oder andere Kuh, da, wo auch zwischen Tenne und dem Viehstall das Plumpsklo als „stilles Örtchen" seinen Platz hatte, wenn man „mal musste". Na so was ... Déjà-vu oder Zufall? Gerade jetzt blöken Kühe träge von der nahen Emswiese her.

Ohne die Augen zu öffnen, atme ich hörbar tief durch. Mit wohligen Gedanken beame ich mich zur alten Scheune. Wetterverblichene graue Bretter, Fichte–Tanne, hier und da mit fingerdicken Spalten und rissigspröden Astlöchern, die in Hitzesommern immer noch bernsteinfarbene Harztropfen ausschwitzten. Wie kienig das roch! Ja, die Scheune war mein Sommerferienlieblingsort. Ob sie dort heute noch wohl steht? Was es da nicht alles gab ... Eine alte Deichsel, fuchsfarben dahinrostende Eggenzinken neben fettverschmierten Zugketten, achtlos in einer Ecke lagerndes Zaumgeschirr, eine ledergeflochtene Pferdepeitsche, verwaiste Immenkörbe, Kisten, Krempel, Krimskrams, jede Menge Allerlei. Und all das für mich, ein Ferienkind „aus der Stadt". Noch heute liegt mir der hochsommerliche Remisenduft in der Nase, ein Sammelsurium an Gerüchen, undefinierbar. So riecht für mich der Sommer! Auch immer noch mit dieser unvergleichlichen Teerpappenausdünstung, wenn durch die Mittagshitze die obere Fläche der Rolle schwarz glänzte und dabei schwere Bitumengerüche aufstiegen. Darin mischte sich aber schon wieder so ein Milchküchenaroma. Manch einer würde dabei wohl die Nase rümpfen bei den säuerlichen

Aromen, die aus den – steif und breit – zum Trocknen aufgehängten Milchseihtüchern ausströmten. Für dicke Brummer wohl geradezu berauschend; grünlich schimmernd sausten sie sirrend dort im Schuppen hin und her.

Und nun? Um mich herum plötzlich auch so ein Schnurren und Brummen. Ein Pulk aufgescheuchter Mücken und Fliegen schnurrt um den Kastanienbaum. Sssst ... Ich öffne die Augen. Es ist, als schiebe sich wogend eine Mückenschwarmwolke durch die Luft, die, fast stehend plötzlich seitwärts in den Nachbargarten hinein kippt und dort wie mit einem Husch auf den Komposthaufen fällt. Er ist wohl ein Wonnehaufen für die sommerlichen Insekten. Doch es ist gleich wieder so, als sei nichts gewesen. Alles ist wieder still. Diese Stille gibt es nur draußen. Da gehören gewisse Geräusche dazu. Ohne sie wäre die Stille seelenlos; das Nichts würde hohl, es würde uns erschrecken. Welch eine Fülle von Stille hingegen, wenn man tief atmend in so einer Sommersonnenmittagsruhe döst.

Ein feines Flöten schwingt durch die Luft, so weich, als wäre es von Seide umhüllt. Eine Melodie, so leicht und beschwingt, dass ich mich dabei ertappe, mit geschlossenen Augen zu lächeln. Etwas kräftiger nun der Vogelgesang, dabei so glockig rein und trällernd, als sei die Sängerin mal eben heimlich einem Himmelschor entwichen. Doch ist es „nur" eine Singdrossel, die gerade jetzt die Welt mit ihrem Lied beglückt. Ich deute das als Zeichen, nun aufzustehen.

Reckend erhebe ich mich. Für heute im Garten genug getan, mache ich mich auf zu einer Fietsentour, immer die Ems entlang.

Meine alte Hollandfietse läuft und läuft und läuft, sogar vorne noch mit Kugellager. So geht es trittsicher an grasenden Kühen vorbei, die da am Zaun wie angewurzelt stehen und nur den Kopf mal recken, so als wollten sie sagen: „Da können wir nicht mithalten; wir würden ja sonst die ganze Milch verschütten!" Kapiert. So läuft's bei jedem eben auf seine Art. Ein paarmal gut durchgetreten und es läuft bei mir schon fast von allein. Plattes Land und auch noch ein kleiner, abschüssiger Neigungswinkel. Dafür stehen hoch längst schon die Ähren. Vereinzelt leuchten am Feldrand kobaltblaue Kornblumen, durchmengt mit karminrotem Klatschmohn. Es scheint, die strohblonden Ähren sehen erhaben auf das Farbwunder hinab. So ist das aber wohl nicht. Es ist die reiche Körnerfrucht, die ihren Kopf sich senken lässt. Das deutet auf eine gute Ernte.

Das Korn ist reif. Mit dem Klimawandel rückt die Erntezeit näher, nun schon zu Anfang Juli. Die ersten Mähdrescher haben bereits rasierte Stoppelfelder hinter sich gelassen. Unter schattigen Abdächern stehen auf den Höfen die von Spreu und Spelzen verfleckten Erntewagen. Diese Ruhe nach der Arbeit vertieft erntesatt den Sommer.

Der Sommer färbt die Äpfel rot,
Tomaten auch und Beeren.
Der Mohn in roten Flammen loht,
sein Leuchten zu entzünden droht
die satten gelben Ähren.

Nur Farbenpracht, wohin man schaut,
wohin man hört, ein Klingen.
Der weite Sommerhimmel blaut
und unten schießt das grüne Kraut;
die Haubenlerchen singen.

Der Sommer, er lädt jeden ein
hier an der Ems on Tour.
Wie schön kann doch das Leben sein,
da findet jeder, Groß und Klein,
sein stilles Glück in der Natur.

Warum in die Ferne schweifen? Am nahen Entensee, der *Antekoje*, lädt eine Bank zur Rast. Ich setze mich. Pause. Und gleich staune ich schon wieder über ein Sommerwunder. Wo vor Wochen noch kleine Kaulquappen wehrig durch's Uferwasser schlingerten, hocken bei näherem Hinsehen nun kleine Frösche im Schilf, schon landtauglich geworden. Auf den Wasserlinsen pellt sich gerade vor meinen Augen eine Libelle aus ihrer hauchzart gekräuselten Larvenhaut. Wieviele *Schraubenflieger* mögen es ihr vorher schon gleichgetan haben? Denn verlassen, leicht zitternd im feinen Windhauch, hängen noch weitere dieser hauchzarten Libellenschlupfhülsen an Röhricht und Lampenputzern. Die Geschlüpften sind wohl schon auf Erderkundungsflügen. Auf dem Wasser gleitend nähert sich hingegen eine Ente und hält vor mir inne. Sie quakt, so als wolle sie mich emstypisch fragen: „Was machst du denn hier? Has nix zu tun?"

Um mich vor mich selbst zu rechtfertigen fahre ich weiter. Auf dem Rückweg steht still am Waldrand ein Rebhuhn. Ich steige ab, stehe selbst ein wenig still. Das Rebhuhn stakst weiter, Füßchen vor Füßchen. Dabei nippt und zupft und wippt und rupft es um sich. Es scheint schon Zeit für die Abendmahlzeit zu sein. Ich stutze. Nähert sich schon der Abend? Die Natur hat ihre festen Zeiten. Das ganz in der Nähe schwirrende Tschilpen der Heupferdchen lässt die baldige Dämmerzeit ahnen. Nicht lange mehr und die Heimchen beginnen zu zirpsen. Fehlt nur noch von Ferne die Abendglocke.

Welch ein herrlicher Sommersonnentag mit einem wahren „Feierabend". Nicht nur der Sattel meiner Gazelle ist noch warm. Der Sommerabend auch. Für Emsverhältnisse ist das schon fast zu viel des Guten.

Zu windig

Im Sommer häufen sich an der Ems Bedingungssätze, markiert durch Konjunktionen, also *wenn, dann* ... „Wenn schönes Wetter ist, dann ..." Immer dieses *Dann* – oft hat dann selbst die Sonne Sonnenflecken! Und dann ... Sind wir nicht wohl alle schon zu spitzfindig geworden?

Das war auch schon mal anders. Es fuhren beispielsweise noch nie so viele offene Kabrios wie in den 1960-er-Jahren. Dabei hatte der VW-Käfer sogleich auch noch Blumenvasen! Und die *Borgward Isabella* öffnete sich sommertags wie eine schöne Blume der Sonne gegenüber. So ein Auto, oder, auch nicht minder, der Ford-Capri, passten damals gut in die Einfahrten der neumodischen *Bungalows,* die sich, nach amerikanischer Bauart, „die Neureichen" leisteten, Blockbauten mit Flachdach und rundherum mindestens tausend Quadratmeter Rasen, manchmal sogar mit *Swimmingpool.* Bei der nicht ganz so luxuriösen Ausführung sonnte sich Therese dort schon mal auf der Terrasse in einer *Hollywoodschaukel.* Wem auch das noch nicht reichte, der leistete sich sein eigenes Boot, um auf der Ems zu schippern.

Ja, wer es damals hatte, ließ es gern auch raushängen. Statussymbol im Wohnzimmer war für *Otto Normalverbraucher* „das Kiekschapp" (der Fernseher), nach Möglichkeit „in Teak". Auf dem Tisch mit Onyxplatte standen als Fernsehschmaus *Käseigel* und *Salzstangen.* Es sei denn, man gönnte sich im *Wienerwald* ein halbes Hähnchen. Immer nur *Toast Hawaii,* „da isst man sich auch dran leid".

So ging's los mit dem Nörgeln. Nicht nur beim Essen wurde man wählerischer. *Feinkostgeschäfte* hatten gut zu tun. *Wencke Myhre* meinte gar: „Beiß nicht gleich in jeden Apfel."

Nein. Er könnte sauer sein. Dafür trällerten die *Beatles* (aktiv von 1960 – 1970) umso lebeleichter: *All You Need is Love*. Oh, was heißt das denn?

In die Jahre gekommene „Frolleins" verstanden die Welt nicht mehr, zumal bei den Bademoden für junge Damen nun auch Bikinis mit im Angebot waren, von *Caterina Valente* besungen als den *Itsy Bitsy Teenie Weenie Honolulu Strandbikini*. Na so was. Lockte da nicht unverhüllt die Sünde? Besser man schaute abends *Bonanza* (Westernserie, die von 1959 – 1976 im Deutschen Fernsehen lief). Gerlinde war sogar froh, dass sie nicht als *Helga* lief (Titel von Aufklärungsfilmen der sechziger Jahre). Blätterte Gerlinde sonntags noch gerne in Fotoalben, konnten die *Teenager* gar nicht oft genug in die Kinos laufen. Monumentalfilme wie *Ben Hur* oder *Spartacus* liefen in Überlänge. Umso ausgiebiger dort im Dunkeln die heimliche Zweisamkeit mit Susi oder Hansi. Blümchensex bei Popcornsnacks. Da war der Film letztlich egal, auch wenn vielleicht mal wieder Wencke Myhre mitspielte und sang: *Am Sonntag will mein Süßer mit mir segeln gehn.*

Babsy, ja, man liebte es englisch, hatte dafür Charlie. „Eine gute Partie", wie man so sagte. Charlie segelte nämlich liebend gern, bei gutem Wetter auch gerne auf dem Dümmer (13,5 km^2 großer Binnensee im Westen des norddeutschen Tieflandes). Ein Schiff, sogar mit Kajüte! An einem verlockend schönen Sommertag segelten die beiden dort auch mal wieder weithin ungestört. Um gut in Fahrt zu kommen, hantierte Charlie auch immerzu fleißig mit den Segeln. Babsy stand an der Kajütentür und Charlie fragte: „Gefällt's dir, Babsy?" „Eigentlich schon", erwiderte Babsy, „wenn nur nicht immer dieser verflixte Wind wäre!"

Norderney

Wind und Wetter, wofür diese beiden Naturphänomene nicht schon so alles herhalten mussten. Wenn nichts mehr hilft, muss oft das Wetter herhalten. Und ganz schlimm wird's bei „Wetterfühligkeit".

Hilde ging diesen Wettermalaisen am liebsten auf der Insel aus dem Weg. Sie liebte mehr die frischen, sonnigen Brisen. Drum sorgte sie immer mal wieder für „einen Rutscher auf die Insel". Auch jetzt über Pfingsten sollten es mal wieder mit Georg „einige Tage Norderney" sein.

Welches Wetter auch immer, für Georg war das kein Problem. Auch nahm er „so ein paar Tage Norderney" mal eben so mit. Der Mann lebte sozusagen aus dem Koffer. Georg war als Reisender für die Speller Landmaschinenfabrik Krone tätig und betreute ganz Osteuropa. Kam er von seinen langen Reisen nach Hause, ging's bei ihm ruckzuck. Alte Wäsche raus aus dem Koffer, frische wieder rein; eben dies und das noch und schon war sein Trolli wieder reisefertig. Es sei denn, ein gemeinsamer Urlaub stand bevor. Da hieß es für Georg: „Nicht ärgern, nur wundern." Tatsächlich bekäme Georg besser vier Trecker durch den russischen Zoll, als einen Koffer durch die häusliche Kontrolle. Doch nun, gerade einmal vier Tage Norderney, dürfte das wohl nicht der Rede wert sein.

Da rief Hilde auch schon aus dem Hausflur hinauf ins Schlafzimmer, ob Georg endlich reisefertig sei? „Frau, ich bin gleich soweit", rief Georg zurück, „ich suche nur noch eben meine Sonnenbrille!" Diese verflixte Sonnenbrille!

Georg merkte, dass er noch gar nicht richtig abgeschaltet hatte, sein Kopf war immer noch voll von …

Nun auch noch diese verflixte Sonnenbrille! War er wirklich auf einem Auge blind?

Der Koffer lag offen auf dem Bett, Schubladen waren geöffnet, doch die Sonnenbrille blieb verschwunden. Da stand auch schon Hilde in der offenen Schlafzimmertür. Ihr Blick war alles andere als ein Schlafzimmerblick. Ihr Blick hatte sich in Georgs Koffer verfangen. Und, ja, dieser Blick hatte bereits Georgs Sichtweisen durchkreuzt.

Mit spitzen Fingern durchzählte sie ein Knäuel Unterhosen. Was das denn sei? Nur drei Unterhosen für vier Tage? Ob Georg bei seinen Außenterminen auch so ungepflegt herumlaufe? Georg nuschelte geistesabwesend, er laufe in der weiten Welt doch nicht in Unterhosen herum! Doch da hatte Hilde bereits aus dem Wäscheschrank zusätzlich drei weitere Slips mit in den Koffer gelegt, vier Paar Socken gleich extra noch hinzu. Auch das wäre ja wohl ein Witz, zwei Paar

Socken für vier Tage! Was er sich dabei nur denke? Georg redete etwas von gutem Wetter und frischer Seeluft für die Fußgesundheit, indes Hilde bereits seine grauen Flip-Flops hochhielt und dabei gefährlich grell auflachte. Damit wolle er auf Norderney doch wohl nicht laufen, oder? Georg argumentierte mit so etwas wie „Pilzschutz für die Füße“ und zugleich etwas Zehengymnastik, doch Hilde schüttelte energisch den Kopf. Jesses! Man stelle sich vor, er stände „mit so etwas an den Füßen“ neben ihr auf dem Hotelbalkon! Da müsse sie sich ja schämen. Ach, ach, ach. Auch die Shirts und Shorts schienen alles andere als anziehend. Na so was, ein T-Shirt gar mit kyrillischen Schriftzeichen! Ob er sich damit nicht möglicherweise noch wohl verdächtig mache?

Eher Georg zu alldem etwas sagen konnte, sagte Hilde: „Ich sehe es schon, bevor wir losfahren, müssen wir vorher noch dringend einkaufen.“

Das haben sie auch getan. Dabei haben sie sich auch gleich noch ein neues Auto gekauft.

Der Mensch lebt nicht vom Brot allein

Oft wird's im Nachhinein erst manchmal klar,
was ohne Zweifel wohl ist wahr:
Der Mensch lebt nicht vom Brot allein,
es darf auch gerne mehr mal sein!

Der Hund in Bielefeld

Es bellt ein Hund in Bielefeld,
der ebenso wie viele bellt,
jedoch nicht hält,
was er so bellt
und damit andere verprellt.

Wer sich zu uns jedoch gesellt,
dem sei zunächst einmal bestellt,
dass er den Mund wohl besser hält,
statt uns verprellt
und auch so bellt,
wie dieser Hund in Bielefeld.

Ein Tipp darum, statt Amtsappelle:
Bitte kein Rebellgebelle.
Das bewahrt vor Krach und Stuss
und hält alles gut im Fluss.

Ali un Aldi

Schon bevor die Albrecht-Brüder 1962 den ersten *Aldiladen* in Dortmund eröffneten, hatte schon Herbert Eklöh Mitte der 1950-er Jahre in größeren Städten die ersten *Supermärkte* eröffnet. Von da an hatten es die *Tante-Emma-Läden* schwer, sich gegen derart übermächtige Konkurrenten zu behaupten. Während alsbald eine wundersame Aldi-Vermehrung begann, schrumpften die Eklöh-Märkte. Dafür besitzen die Erben heute so namhafte Ketten wie *Christ, Douglas* und *Thalia*. Es zeigt, mehr und mehr wurden mit Beginn des Wirtschaftswunders Einkaufsbedürfnisse geweckt, von denen man bisher nicht einmal träumte.

Mit dem Wirtschaftswunder kamen die ersten *Gastarbeiter.* Damit änderte sich auch das Kaufverhalten. Ein Wort mit *B* wurde zum Schlagwort: *billig.* Und *Aldi* wurde zum Marktführer. An den *Aldis* hätte nur noch ein Schild gefehlt:

Wir haben alles, was Sie brauchen.
Was wir nicht haben, brauchen Sie auch nicht.

Das passte besonders zum Kaufverhalten der ins Land strömenden Gastarbeiter. Günstig, praktisch und gut musste es sein. So war es plötzlich auch möglich, aus dem Regal heraus zu kaufen. Es blieb nicht dabei. Auf allen Ebenen war ein sozialer Wandel spürbar.

Lebten 1960 in Deutschland gerade einmal 1.500 Türken, teilte *Aldi* seine bis dahin deutschlandweit 300 Filialen in Aldi-Nord und Aldi-Süd. Von da an dauerte es nicht lange, bis nun auch Ali als Filialleiter einen Aldi führte; ein Zeichen gelungener Integration. Was zusammenwachsen will muss zusammen wachsen, denn wie sagte 1965 Max Frisch (1911 – 1991): „Wir riefen Arbeitskräfte, und es kamen Menschen."

Zwischenzeitlich leben von den *Ali's* nun bereits vier Generationen bei uns. Und aus Stadt und Land ist *Aldi* nicht mehr wegzudenken. Vorbei die Zeiten, als der feine Pinkel mit Dünkel *Aldi* mied, weil „der billige Jakob" ihm nicht standesgemäß erschien. Doch es scheint, dass bei nicht wenigen „Aber-Gläubigen" der Dünkel immer noch im Kopf geistert, da, wo zwischen Einheimischen und Zugezogenen getrennt wird, statt Verbindendes zu stärken. Was blockiert, ist das „Aber". Es wird umnebelt von ungenauen Ausdruckweisen; sie sind es denn auch, die den unseligen *„Aber-Glauben"* fördern.

Gegen den Aber-Glauben sind Sprachenkenntnisse recht wirksam. Ja, da hat der Gast eine Bringschuld. Aber auch der Gastgeber ist gehalten, sich verständnisbereit zu verhalten. Warum sollte das nicht hin und wieder auch mal lustig sein? Es könnte aber wohl auch mal zu denken geben.

So lief der alte Hillebrand vor einiger Zeit zielsuchend durch Papenburg. Er war dort zu Besuch bei seiner Tochter Roswitha. Wie heute nicht ungewöhnlich, war auch Rositha zwischenzeitlich alleinerziehend. Da musste die junge Mutter nun nach Feierabend noch schnell die Kinder aus der Kita holen. Könnte Opa währenddessen nicht gut noch eben was aus dem *Aldi* holen?

„Ja sicher doch" war Opa Hillebrand dazu gerne bereit. Wo denn der nächste *Aldi* sei? Ach, ganz einfach, Moorstraße, Friederikenstraße, da dann … Aha. Soso. Jaja. Na denn … So tüdelig wird Opa ja wohl nicht sein, um keinen Aldi mehr zu finden.

Und schon schlenderte der alte Hillebrand auch schon mit seinem Einkaufsbeutel durch Papenburg. Doch, ob beknackt oder vertrackt, er fand diesen verflixten Aldimarkt nicht! Er lief auf seine Weise nun doch wohl nicht im Kreise? Schließlich fragte er da irgendwo an der Russellstraße einen offenbar noch jungen Türken, der ihm entgegenkam: „Du, höre er mal! Wo hier geht's hin nach Aldi?"

Belustigt schaute der junge Mann den alten Mann an und korrigierte gewitzt: „He? *Zu* Aldi!"

Verdutzt schlug sich Hillebrand an die Stirn und meinte: „Was?! Aldi um diese Zeit schon zu hier in Papenburg?"

Nuul'n

Öffneten mit dem Ende der 1960-er Jahre mehr und mehr Supermärkte, litten, wie gesagt, darunter noch mehr die bis dahin beliebten *Tante-Emma-Läden.* Nicht genug damit beeinflusste mit den Jahren der soziale Wandel sogar die Essgewohnheiten. Hieß es bisher an der Ems „Wat de Buur nich kennt, dat frett he nich“ (was der Bauer nicht kennt, das isst er nicht), ließe sich heute auch schon mal sagen: „Hat der eine keinen Appetit zum Essen, hat der andere kein Essen zum Appetit.“

Vorbei die Zeiten, wo es hieß: „Es wird gegessen, was auf den Tisch kommt“. Dennoch gilt uns das auch heute noch, denn wir schätzen nach wie vor gesunde Hausmannskost. Wer also auch noch bei einem leckeren Eintopf das Gesicht verzieht, der soll nur hinter Pizzen herflitzen.

Heißt es „Mahlzeit“, nehmen wir auch gern „was aus der Pfanne“. So auch den jederzeit begehrten Pfannkuchen. Ob mit Mehl, Buchweizenmehl oder von geriebenen Kartoffeln, mit einem Pfannkuchen macht an der Ems niemand was verkehrt.

Da kann der Maître de Cuisine mit seinen Crêpes Suzette in der feinen Küche noch so viel Aufwand treiben, wir wissen, was wir an unseren Pfannkuchen haben. Dennoch braucht es auch Abwechslung auf dem Tisch. Entsprechend sieht der Einkaufszettel heute anders aus, als noch vor Jahren.

So hat sich auch Möllenkamps Mia mit ihrem *Kolonialwarenladen* von Anfang an auf ein erweitertes Angebot eingestellt. Wohl deshalb blieben ihr die Kunden treu. Sie wirbt sogar mit einem *Vollsortiment.* Gut so, denn selbst die Nudel ist ja nicht mehr nur Nudel. Dabei sind sogar Missverständnisse möglich. Ist beispielsweise von *Penne* die Rede, verbinden die Großeltern damit das Gymnasium, indes die Enkelkinder *Röhrenpasta* meinen.

Das Beispiel zeigt, dass es zwischenzeitlich nicht nur mehr einfach ist, bestimmte Fragen richtig zu beantworten, nein, nicht wenige wissen oft schon gar nicht mehr, wovon die Rede ist. Mia nimmt's gelassen und sagt: „So is das nu mal“, auch wenn mancher Kunde sagt: „Is weit gekommen“.

Nichtsdestoweniger braucht's heute beim Einkauf ein gutes Sortiment. In *Möllenkamps Kolonialwarenladen* fehlte auch vor Zeiten schon so gut wie nichts. Obendrein war der Laden nach wie vor eine Oase der Ruhe und dennoch voll köstlicher Vielfalt. Schon seit den 1950-er Jahren stand dort ein bombastischer Bosch-Kühlschrank, der sich mit einem bis dahin unbekannten Unterdruckgeschmatze verheißungsvoll öffnen ließ und ein Kühlsortiment offenbarte, das sprachlos machte. Doch da mahnte noch Mias Mutter: „Nich nur gucken, das kosset nur unnütz Strom!“ Blupp, und schon wurde die Sch(m)atztruhe auch folgsam wieder geschlossen. Es gab ja auch noch genug anderes zu bestaunen.

Alles stand an seinem Platz. Ob es die Welt-Hölzer Streichholzschachteln waren, der Uhu-Alleskleber oder die Prym-Nähnadeln; ein Handgriff und schon war selbst das Singer-Nähmaschinenöl gefunden. Ebenso auch gab es Mottenpulver, Fliegenfängerkleberollen, Lederfett, Schuh und Kleiderbürsten, Rotbart-Rasierklingen, reißfeste Schnürsenkel, Windmühlen-Küchenmesser, Ata, Vim, Vaseline, Borwasser, Dalli-Kernseife, die feine Dralle-Gewürzseife, 4711-Kölnisch Wasser, Uralt Lavendel, Schiefertafeln mit Griffeln, bunte Bömmskes und nicht zu übersehen, die rotblaue Villosa-Hustelinchen-Dose mit dem Halstuchschneemann; daneben die Novesia-Goldnussschokolade und Glücksklee-Milchdosen, zu einem beachtlichen Dreieck hochgeschichtet. Es fehlte auch nicht Kathreiner Malzkaffee, Klipps Bohnenkaffee aus Bremen und der feine Thiele Tee aus Emden. Mehr noch waren im Angebot Kluntje-Kandis und Diamant-Zucker, feine Liqueure, so das Danziger Goldwasser oder „was Klares", wie der Uerdinger oder Rosches Uralter, der gute Klare aus Haselünne.

Selbst die einst so verlockenden Angebote aus vergangenen Tagen hatten dort noch immer ihren Ehrenplatz wie der blaugraue Steinguttopf für den *Hahnewacker* Kautabak, als Priem soßiert oder fermentiert. Die Vitrine Tabakwaren strotzte vor nicht allzu langer Zeit noch mit Oldenkott-Pfeifentabak als Krüll- oder Feinschnitt, Zigarettenpackungen von Overstolz, Eckstein, Juno, HB bis Ernte 23 und Stumpenzigarillos. Auch fehlte es nicht an pulverisierte „Gletscherprisen" in schmucken Schnupftabakdöschen. Egal. In *Möllenkamps Kolonialwarenladen* gab es sogar das, was es zu kaufen gar nicht gab, Zeit zum Klönen. Hinter der Ladentheke verkündete ein Spruch:

Zeit, die du hier versschwendest,
ist keine Zeitverschwendung.

Vor Jahren noch zog sich die Ladentheke quer durchs Geschäft. Rückseitig dahinter erhob sich, Fach an Fach, eine riesige Regalwand mit mobiler Schiebeleiter für das obere Warensortiment davor. Über der Theke hingen, von oben herabbaumelnd, Stoffwedel, Teppichklopfer, Klobürsten und, ja, das gab es dort auch noch, *Pruokeliesen* (Schüreisen) zum Ausstochern der Asche aus der schweren *Küppersbusch Kochmaschine.* An die Wand gestellt lehnten Besen, Schrubber, Spaten und Harken, im Winter auch Schneeschieber. Selbstverständlich fehlten nicht die *Holzken,* Holzschuhe in allen Größen.

Wie schon ihre Vorgängerinnen, so verlor auch Möllenkamps Mia nie den Überblick. War auch noch so viel im Angebot, es schien „alles schön geordnet".

Wie anders ist das heute in den Supermärkten. Das Angebot wechselt von Sonderangeboten bis zu Saisonartikeln. Die Verwirrung ist Absicht. Wer keinen Überblick mehr hat, kauft mehr. Wenn auch Möllenkamps Laden als *Vollsortiment* immer voll war „mit Waren aller Art", so hatte man dennoch das gute Gefühl, es dränge sich nichts auf. Als Mia einmal im Laden sorgenvoll verkündete, im neuen Supermarkt in der Stadt gäbe es jetzt ein Knopfsortiment mit 40 Knöpfen für nur 5 Euro, winkte Heskamps Thea ab und meinte: „Was soll ich mit 40 Knöpfen, wenn ich nur zwei brauche? Nänä Mia, lass män. Mir is so 'n billig Einkaufen zu teuer."

Und dann die Ruhe im Laden. Kein Radiogedudel, keine Durchsagen mit Kaufanreizen, nichts. Silencium. Und wenn draußen der *Nordwest* mal pfiff, hätte man gar nicht mehr weggehen mögen. Dieses wohlige Seelensäuseln gab es als Zugabe.

So ging das bei Möllenkamp jahrein, jahraus. War Mia allein, saß sie auf ihrem Residenzplatz seitlich der monströsen Ankerkasse, das orthopädische Entlastungskissen untergeschoben. Da strickte die Frau dann wollig Warmes für den Kirchenbasar. Doch eigentlich „war immer wohl was los". Die meisten Kunden kamen „mit's Rad" oder zu Fuß. Ein eiserner Schmutzabkratzer vor dem Eingang sorgte für „saubere Füße". „Mit dreckigen „Quanten" kam keiner in den Laden. Ordnung muss sein. Dazu neben dem Schaufenster das Schild: *Hunde müssen draußen bleiben.*

Draußen, um die Eingangstür herum, grüßten alte Emailleschilder, so der bunte *Sarotti-Mohr*; daneben *Kaiser-Natron,* „in rechter Weise für Küche, Haus und Reise", und *Underberg,* „seit 1846 das Fläschchen Wohlbefinden nach fetten Speisen oder reichlichen Mahlzeiten". An der Ems heißt es immer noch: „Teller leer essen, sonst gibt's morgen kein schönes Wetter." Jaja, die Ems und das Wetter …

Bei schönem Wetter kam nun auch Blömkers Bruno im „Blaumann" herein, beide, Bruno und der Blaumann schienen ein wenig in die Jahre gekommen. Bruno kam hier selten, obwohl er im Dorf ein alter Pohlbürger war. Umso freundlicher die Begrüßung. Mia legte ihr Strickzeug zur Seite, atmete einmal tief durch und äußerte: „Sieh mal einer an, Bruno. Auch mal wieder da?" Ja. Seine Frau müsse zuhause „was auskurieren", wohl wieder was mit Ischias – und so wäre er „diesmal dran". Ohne Einkauf ginge es ja nicht. Der Alte fummelte mit einem Zettel herum. Aber, halt, für die alten Knochen erst mal „ne Dose Tigerbalsam", die aus China. Er strich ein wenig den Einkaufszettel glatt. Dann orderte er:

Halbes Pfund gute Butter, 6 Scheiben Holländer, Mondamin, eine Tüte Beschüte (dicke Zwiebäcke für Stippmilch) Haferflocken, Grieß und … „Sonst noch was?", fragte Mia wie immer zum Schluss. „Ja", sagte Bruno, „Nuul'n".

„Nuul'n?", erkundigte sich Mia, „was für Nuul'n denn?" „Na, Nuul'n", antwortete Bruno. Nuul'n gäb's viele. Wofür die denn sein sollten? Seine Frau nähme meistens Sternchennuul'n, die für die Suppe, wusste Mia. Aha. Aber diese Nuul'n sollten nicht für die Suppe sein. Wofür denn?

Bruno schien verwirrt. Also, das wäre so, Jutta käme am Wochenende mit den Enkelkindern zu Besuch. Und die hätten's ja nun immer so mit Nuul'n. Mia nickte. Jaja, die jungen Leute heute. Mia offerierte aus ihrem „Vollsortiment": Penne, Ravioli, Tortellini, Lasagne, Makkaroni, Canneloni ..."

„Oh, oh", winkte Bruno ab, mit Fremdsprachen hätte er es nicht so. Sie solle ihm doch einfach nur ein „paar schöne Nuul'n" geben, mehr nicht. Das wolle sie ja gerne wohl, entgegnete Mia, aber was nützten alle Nuul'n, wenn es nicht die richtigen seien? Es gäbe nun mal: „Bandnuul'n, Spaghetti, Canneloni, Farfalloni, Pappardelle, Makkaroni bis hin zu Trullis und Zöpflis ..."

Ach, sie solle doch aufhören, winkte Bruno gequält ab. Nuul'n seien gestrichen. Er wolle schon dafür sorgen, dass es Kartoffelpfannkuchen gebe. „Wo sind wir denn?", fragte der Alte plötzlich aufgebracht.

Mia blieb ganz ruhig. Sie strich einen unsichtbaren Krümel von der Ladentheke und fragte: „Habt ihr denn auch genug Öl? Sonst is das ja auch wieder nix mit Kartoffelpfannkuchen." „Dann män gleich auch noch 'n Pülleken Öl", nickte Bruno, das wäre ja nie weg. „Is es auch nich", so Mia, aber was für Öl es denn sein solle? Öl sei noch lange nicht Öl. Bruno schaute gereizt auf. Herrjeh! An Nähmaschinenöl hätte er auch nicht gedacht, mehr so was für die Pfanne.

Mia ließ sich nicht aus der Ruhe bringen. Es schien, sie schaue durch Bruno hindurch. Sie fragte: „Raffiniert oder kalt gepresst?" Das sei schon ein Unterschied. Nicht dass es nachher Ärger gebe. „Was?“, fragte Bruno, „Ärger wegen das Öl“? Ja, nickte Mia ungerührt, da brauche er nun gar nicht auch noch wie ein Ölgötze so gucken. Auch von Öl gebe es „all so was; Soja, Sesam, Sonnenblumen, Mais, Kürbiskern, Distel, Raps …“

„Oh je!“, winkte Bruno ab, „Frau, statt Raps gib mir nun erst mal einen Schnaps.“ Aber nichts Raffiniertes. „Und bitte nicht auch noch *Raki* oder *Ramazotti* – dann Gnade Gott di!“

Mia nickte: „Ich hör’s schon, ganz Emsart.“ Auch Bruno nickte.

Die Emsart

Hier braucht es keine große Show,
da reicht im Zirkus schon ein Floh.
Gleichwohl sind emsig wir auf Zack
und scheu'n auch nicht den Schabernack.

Auf dem Tisch steh'n nicht nur Blumen,
lieber Teller, mit Volumen.
Nach Hausmannskost auch gern ein Bier,
so geh'n wir's an, so sind wir hier.

Da sage keiner neunmalklug,
das alles wäre nicht genug.
Wem's hier nicht passt, der soll nur geh'n,
Wir finden es hier rundum schön!

Wer brutzelt so spät noch bei Nacht und Wind

Viel ist nicht zugleich auch gut. So folgt dem Überfluss oft sehr schnell auch der Überdruss. Stehen im Gefolge des Lebensnotwendigen Speis und Trank im ersten Rang, ist zwischenzeitlich die Menge an weggeworfenen Lebensmitteln in unser'm Lande eine Schande.

Hatten unsere Altvorderen die Nachkriegszeit noch als eine ungute Zeit des Mangels und den Hungerwinter 1946 als das darbende Elend schlechthin in Erinnerung, war der Nachholbedarf seinerzeit umso verständlicher. Dennoch galt es trotz aller Opulenz als Sünde, Lebensmittel, und vor allem Brot, wegzuwerfen. Auch dieses Gefühl der Wertschätzung von Mahlzeiten ist so längst nicht mehr gegeben.

Es fing damit an, dass die eigenen Bräter für besondere Gelage oft zu minn waren. Da mussten beispielsweise für Spanferkel oder knusprige Backschinken schon mal Bäckers Backöfen herhalten. Selbstverständlich ohne Einschränkung der übrigen Angebote. Entsprechend zeigte die zunehmende Länge der Bauchriemen die Wohlstandsfolgen. Sogar von einer neuen Wohlstandskrankheit war die Rede, *das Metabolische Syndrom*. Die Alten warnten, nur Mäßigung erhalte den Wohlstand. Arbeit, Mäßigkeit und Ruh', schlössen den Ärzten die Türen zu. Doch wer wollte das schon hören?

Nun kam Anfang der 1970-er Jahre auch noch eine besondere kulinarische Attraktion in Mode: das Grillen. Es schien reine Männersache zu sein. Statt sich abends mit *Toast Hawaii* zu begnügen, stieg sommertags aus Gärten und den nahen Emswiesen fetter Rauch auf. Das war nicht zu verhindern, es ging um die Wurst. Grillen wurde Kult!

Ist *„die“* Küche feminin, so ist *„der“ Grill* maskulin Dabei dreht sich des Mannes Denke, stets zugleich auch um Getränke. All das will rechtzeitig bedacht und vorbereitet sein. Die Grillschürze umzubinden, liebe Leute, das ist für uns Männer so, als würden die Frauen schon mal den Herd anstellen. Frauen verstehen das nicht so recht, aber das müssen sie ja auch nicht.

Um Missverständnissen vorzubeugen steht denn auch schon mal auf der Grillschürze: *Hier grilliert der Mann!* Sieh an, sieh an. Und was der nicht alles so kann! Da werden schon Stunden vorher Grillsoßen begutachtet, Marinaden angerührt und exotische Gewürzmischungen feinschmeckend abgeschmeckt. Nicht nur das.

Da wären ja auch noch die Getränke! *Grillmaster*, die auf sich halten, überlassen nichts dem Zufall. Was gibt es da nicht alles zu bedenken! Heute ist nun auch schon beim Tafelwasser Sorgfalt geboten. Wenn also Wasser, dann vielleicht schon mal etwas aus den Tiefen der Rhône? Also: *Volvic, Perrier* oder *Evian.* Allein wie das klingt! Dabei steht das *Salvus* aus Emsdetten dem in nichts nach.

Dennoch dürfen die Weine nicht vergessen werden! Na, wie wäre es beispielsweise mit einem *Chaiselounge vom Château* Soundso? Männer sind da nicht ganz so anspruchsvoll. Bei Männern tät es, ohne Zier, zumeist auch gerne schon ein Bier.

Frauen sind da wählerischer, obwohl dann doch letztlich wieder alles so auf's Wasser hinausläuft, gerne gar ein „stilles Wasser“, Zimmertemperatur nach Möglichkeit. Und wenn schon Wein, dann vielleicht die biologisch alkoholfreie Variante? Oder gleich „ganz trocken“. Doch kaum neigt sich die Flasche, heißt es schon: „Stopp!“ Das irritiert die Männer. Beeinflusst diese Art Schluckimpfung doch ihr Grillempfinden; sie denken lieber: „Lieber kippen, statt nippen.“

Mit dem „Grillgut“ ist das ja nicht viel anders. Werden bei schmurgelnder Lende auch schon mal gegrillte Vegetabilien gelobt, fragt sich der Barbecue-Master mit schnappender Grillzange, ob sich dafür denn wohl der ganze Aufwand lohne?

Doch Vorsicht. Das Grillen darf auch wieder nicht in vorsintflutliche Gelage ausarten, wo Wolf-Dieters Testosteronspiegel gleich beachtlich steigt, wenn er auf dem Grill mit einem furchterregenden Zweizink daumendicke Fleischlappen wendet. Das mag maskuline Urinstinkte wecken, doch gehen diese, und das sollte man wissen, auf prähistorisch „heiße Überlebenskämpfe“ zurück.

Nicht wenige Chauvis meinen, damit noch auftrumpfen zu können. Je heißer die Tage und je wärmer die Nächte, umso mehr zeigen sich noch heute die Mackermacken der Neandertaler. Da wollen plötzlich Probleme, die gar keine Probleme sind, im Handumdrehen gelöst werden. Andererseits heulen auch schon mal zu später Stunde monströse Badezimmerföhns mit Windstärke 10, um „noch was nachzugrillen“.

Unsere Vorfahren, die Urgriller, grillten nicht nur zur rechten Zeit auf Zeit, sie grillten auch windkonform und achteten darauf, dass keine Rauchwolken aufstiegen. So was hätte Ärger geben können. Wollten die Sammler und Jäger beim Grillen gut etwas für ihre Sippe tun, durften nicht auch noch andere darauf aufmerksam werden. Also bloß kein Rauch und Radau. Das hätte ungebetene Mitesser angezogen. Mehr noch. Stand der Wind nicht gut, hätte das obendrein noch die Hütte verqualmt.

So stand seit Urzeiten fest:

Beim Grillen muss es gesittet zugehen. Das war bereits im § 1 des Neandertaler Grillgesetzes gesetzlich geregelt. Es galt, von Lärm und Dampf abzusehen, da ansonsten Fehden drohten. Wer sich nicht daran hielt, musste 10 Neandertaler Strafe zahlen.

Wieso die Nachfolgegenerationen des Homo sapiens sich dieses Gesetz nicht bis heute haben zu eigen gemacht, bleibt ein Zivilisationsrätsel. Umso mehr Gedudel, Dampf und Geschrei bei so manch prolliger Grillerei. Wem käme das nicht bekannt vor:

Wer brutzelt so spät noch mit seinem Kind?
Es ist der Griller, er brutzelt Rind
bei Rumbamusik in geselliger Runde,
wo daselbst schon jaulen gequält die Hunde.

Auch des Grillers Kind, schrill schreit es auf,
so nimmt das Grillfest seinen Lauf.
Die Gäste rufen, ja, einige singen –
und des Grillers Kind will gar Seilchen springen.

Des Grillers Frau, eine Gabel sie packt,
und schlägt zum Seilchen und Rumba den Takt.
Indes der Grill riecht, raucht und glüht,
er mit fliegenden Funken um sich sprüht.

Die Nachbarn verzweifeln am nächtlichen Grill,
sie fragen sich nur noch: „Wann ist's wieder still?"

Von Rasputins Säbeln und Hansis Piepen

Ewald ist alles andere als ein Macker mit Macken. Er ist „hier von der Ems weg“ und da würde so was auch gar nicht passen. Ewald hat’s lieber ruhig und ordentlich. Selbst wenn die Sonne hochsteht, macht ihn das nicht zum Heißsporn. Er hätte auch keine Ambitionen, sich am Grill besonders hervorzutun. Überhaupt hat es Ewald mit viel Extravaganzen und Brimborium nicht so. Es sei denn, es ist Kirmes. Da hat selbst Jäger Ewald schon mal, wie er gerne erzählt, „einen Strauß mit künstlichen Blumen erschossen“.

Auf der Kirmes darf man das. Ja, was man auf der Kirmes nicht alles darf! So wie ich die Kirmes noch kannte, durfte man damals tatsächlich weit mehr als heute. Schausteller waren noch wahre Schausteller, die sich mit ungewöhnlichen Darbietungen zur Schau stellten.

Da gab es wagemutige Messerwerfer, verwegene Kaskadeure, tollkühne Akrobaten, leichtfüßige Seiltänzer, frappierende Zauberkünstler, turbanüberdeckte Fakire, furchtlose Feuerspucker und zwielichtige Gaukler mit kuriosen Phantasienamen, allesamt in buntem Dress. Und betörende Frauen mit sich lüftenden Schleiern drehen und wenden sich bauchtänzerisch, als seien sie gerade einem orientalischen Harem entlaufen; eine Herausforderung für die Phantasie braver Ehemänner.

Die heimischen Frauen fühlten sich mehr von der mysteriösen Handleserin *Medusa* angezogen, die beim Nachspüren der „Lebenslinien“ versuchte, den Fügungen des Schicksals auf die Schliche zu kommen. Reichte selbst das nicht, ermöglichte gegen ein Extrasalär gar noch ein okkulter Blick auf die magische Kristallkugel eine treffliche Zukunftsaussage.

Zwischen all den Buden und dem bunten Treiben brachten auch Schlangenbeschwörer einer sich reckenden Kobra schon mal die Flötentöne bei, indes verwegene Desperados in knallbunten Hemden und ebensolchen Pumphosen einen furchterregenden Bären zu einem Tänzchen animierten, wozu devote Gefährtinnen apathisch ein Schellentamburin schlugen.

Die große Attraktion auf dem Rummelplatz war aber wohl die *Boxbude.* Überaus Mutige konnten sich mit Kirmesboxern im Faustkampf messen. Im Falle eines Gewinnes winkten lockende Siegprämien, auch wenn nicht selten bei blutigen Nasen die Molaren flogen. Nicht von ungefähr gab es frische Blutwurst an der Kasse als Sonderangebot. So gestärkt ließ sich ein wenig weiter auch noch das Spektakel mit der *Frau ohne Unterleib* überstehen.

Sie sind Geschichte, all diese wundersamen Gaukler und Rummelplatzhelden. Das Ende kam mit dem Aufkommen der Berufsgenossenschaften. Nun musste plötzlich alles amtlich seine Richtigkeit haben. Dafür sorgten nicht nur neumodische Gesetze mit prophylaktischen Vorsorgemaßnahmen, sondern dazu gleich auch noch die entsprechenden Verordnungen und Ausführungsbestimmungen.

So stand nun auch eines Tages ein Amtmann von der Schaustellerberufsgenossenschaft bei *Rasputin dem Schwertschlucker* vor der Bude. Denn was *Rasputin* tat, barg für ihn immerhin hohe Risiken für Leib und Leben. *Rasputin* hatte nämlich so einiges drauf! Nicht zu glauben, was der Mann sich nicht alles in sein Halsloch steckte: Ritterschwerter, Säbelschwänze, Landserbajonette, Biwakdolche, Kosakenreiterdegen, Samureischwerter, Kürassierfechtklingen, Hirschfänger und tatsächlich auch noch diese nicht ungefährlichen osmanischen Krummsäbel. Kaum zu glauben, wie *Rasputin* sich dabei verbiegen konnte! Und all das versenkte *Rasputin*, ohne irgendwelche Kratzspuren zu hinterlassen, in seinen Schlund. Dennoch war *Rasputins* Gehabe dem Vertreter der Berufsgenossenschaft suspekt.

Es wurden denn auch gleich entsprechend berufsbedingte Vorsorgemaßnahmen verordnet. Der Amtmann hielt eine besondere Art Korrosionsschutz für angemessen mit der Auflage, sich hierfür vierzehntägig beim Gesundheitsamt zu melden. Dort kratzte man ihm, rein prophylaktisch, mit einer Drahtbürste den Hals gründlich aus, was selbst für *Rasputin* nicht ganz angenehm war. Dafür durfte er aber im Anschluss an diese Prozedur gut fünf Minuten mit kaltgepresstem Rapsöl gurgeln. Ach, ach, ach. Viel lieber hätte sich *Rasputin* mit einem handlichen Damaszenerdolch die Zäpfchen gekitzelt. Doch dann das:

Nach einem Vierteljahr starb *Rasputin* „plötzlich und unerwartet" an Scharlach. Damit waren auch gleich seine Rentenansprüche erloschen und die Akte Rasputin konnte geschlossen werden.

Mithin schrumpften auf den Rummelplätzen mehr und mehr Angebote dieser Art Schaustellerei. Doch wie heißt es hier so schön: „Wat den eenen sien Uhl, is den annern sien Nachtigall“ (des einen Eule, ist des anderen seine Nachtigall).

Nun hatte Musekamp auf der Kirmes guten Zulauf – und das sogar ohne Einfluss der Berufsgenossenschaft. Gegenüber ehedem *Rasputins Schwerterbude* fand man nun *Musekamps Ornithologie*, gar nicht schwer zu finden, direkt gegenüber von *Tabak Fincke*.

Musekamp hatte sich mit seinem „außergewöhnlichen Angebot“ auf besondere Papageien spezialisiert. Das zog. In Drubbel standen die Neugierigen vor reihenweise gestapelten Vogelkäfigen mit vorlauten Papageien, krächzenden Kakadus und bunt gefiederten Piepmatzen mit erstaunlichem Stimmengewirr. Man hätte meinen können, es ginge dort in letzter Minute um Noahs Gunst. Wie Noah, so verhielt sich auch Musekamp. Einem Propheten ähnlich stand er inmitten seiner Piepmätze und beschwor sein Publikum. Dabei schreppelte aus einem alten Grammophon Mozarts *Vogelfänger.* Das gab dem ganzen Tamtam immerhin noch einen gewissen elitären Touch.

„Der Vogelfänger bin ich ja, stets lustig, heissa, hopsasa …“, Musekamp nahm die Nadel von der Schellackplatte des Trichtergrammophons und erhob höchstselbst die Stimme: „Herrschaften! Alle mal herschau'n! Hier …!“ Er hielt einen kleinen blauen Piepmatz in der Rechten, hielt ihn hoch und rief: „Das gibt es nur hier! Die Emsattraktion! Nur bei Musekamp! Ein Vogel, der sogar Plattdeutsch spricht!“

Ewald fühlte sich genarrt und rief: „Quatsch! Das gibt's doch gar nicht!“ Als hätte er den Einwand gar nicht gehört, schaute Musekamp mit festem Blick auf den Vogel, wies mit großer Geste auf das nahe gelegene Tabakwarengeschäft und sprach zu dem Vogel: „Hansi, sag dem Onkel da vorne doch bitte nun mal, was du gleich lieber schmöken möchtest, ne Zigarre oder ne Piep'?"

So als wolle er für einen Moment nur kurz nachdenken, neigte der Sittich sein Köpfchen keck zur Seite, blickte auf Ewald und antwortete dann klar und deutlich: „Piep!"

Schappgeklimper

Auch ohne Gepiepe mit oder ohne Piepe, hat sich ein jeder schon sicher einmal gefragt, ob er gerade wohl richtig gehört habe. Dabei hört jedes Ohr anders. Nicht nur die Geräusche machen es, es sind auch die Empfindungen, die mit den Geräuschen einhergehen. Ob einst Hörrohre oder heute technisch hochempfindsame Hörgeräte, Vorsicht vor Trommelfellplatzkonzerten!

Als es noch keine Lautsprecher und Verstärker gab, ging es früher noch weit ohrenfreundlicher zu, als heute. Das war besonders in Theatern oder Lichtspielhäusern von Vorteil. Da gab es beispielsweise in den Kinopalästen noch die Stummfilmmusikanten. Diese Filmharmoniker waren Meister ihres Faches und verwöhnten die Zuschauerohren mit emotional fein abgestimmten Pianoklängen.

Der letzte Kinopianör war Willy Sommerfeld (1904 – 2007). Er spielte zum Film, wie der Film so spielte und das, nicht so knapp, auf seinem *Schapp*. *Schapp,* so nannte Willy seine

„Klaviertruhe". Es ist der plattdeutsche Name für Schrank oder auch Truhe. In den ersten Lichtspielhäusern lagerten, in „Schäppen" gut gesichert, seinerzeit die wertvollen Filmrollen, 25 bis 30 Meter lange „Laufbildrollen" mit *Robinson Crusoe* oder dem *Großen Eisenbahnraub,* dem wohl ersten Western.

Das Ambiente früherer Lichtspielhäuser war vornehm, so auch vor gut hundert Jahren das *Schlosskino* in Münster. Das war etwas Besonderes. Etwas Besonderes aber ist auch heute schon wieder Heinz Schultes *Metropoli* in Rheine-Hauenhorst, eine tolle Rarität als das kleinste Kino der Welt. Es wäre für Sommerfelds Willy mit seinem „Schapp" aber zu klein gewesen, denn Willy brauchte es bequem, wenn er spielte.

Sommerfeld trat als Stummfilmpianist charmant auf, immer stilecht im Frack. Wenn er, seitlich der großen Leinwand, den Klavierdeckel von seinem „Schapp" hob, brandete bereits Applaus auf. Werden heute für die Filmmusik eigene Oskars verliehen, griff Willy ohne Noten in die Tasten, immer ganz auf den jeweiligen Film konzentriert.

Könnten wir ihn noch hören, würden die alten Zeiten wieder lebendig. Und Willy könnte gar so manches Döönken musikalisch fein untermalen. Noch 2004 setzte sich der geniale Musikant mit hundert Jahren an sein „Schapp" und legte los. Wunderbar erklang sein Spiel auf den Tasten. Erstaunlich, die musikalischen Verbindungen mit Sprache, Drama oder Tanz. All das sollte ja nicht nur das sausende Projektorsurren übertönen, nein, es verströmte die emotionalen Informationen für das, was gerade auf der Leinwand passierte. Auf die Frage: „Was macht der Maier am Himalaya?" huschte Willy mit flinken Tastenläufen auf seinem Schapp hoch und höher, so hoch, dass es in den höchsten Tönen nur noch so eben klimperte; denn auf dem Himalaya, oh ja, da ist in so einer Höhe die Luft recht dünn. Aber …

Tschä: „Rauf, ja, das kunnt' er", der Maier, „doch wie kommt er runter? Ich hab' so Angst um den Maier am Himalaya, der macht 'nen Rutsch – und dann is er futsch." Willy fegte nur so in einem Rutsch über die Tasten ganz nach unten: *Bimbambum, Rumbum* ... Das Publikum hielt die Luft an. Gott sei Dank, alles noch einmal gut gegangen. Klang es aber: *Tingtara-rara, ting-ting* ..., so fiel der Vorhang. Ende. Verbeugung. Und Willy klappte sein Schapp zu.

So spielte Willy im *Schaupalast*. Doch auch Willy war nur ein Mensch; er wurde einmal krank. Da Sommerfeld nicht der einzige Filmmusikant war, klimperte für ihn ein Ersatzspieler. Zu dieser Zeit lief gerade ein Film mit der großen Stummfilmdiva Adele Sandrock (1863 – 1937). Drama über Drama! Das arme Klavier.

Gottverlassen starrte Adele mit ängstlichem Blick ins Leere, bereit, diese Welt zu verlassen. Es stand schlimm um sie. Einsam und verlassen blickte sie um sich; nur ihr kleines Kind an der Hand. Das Kind eines liederlichen Edelmanns, der ihr die Heirat hatte versprochen, sie dann aber mit dem Kind hatte sitzenlassen. Selbst bei den Eltern fand sie keine Aufnahme mehr. Adele wusste weder ein noch aus. Kopflos schaute sie um sich, mit starren Blicken aus dem Dickicht auf einen nebelverhangenen See. Schauderhaft. Es schien, sie wolle, Schritt für Schritt, mit ihrem Kind ins Wasser. Das Kind auf der Schulter, schleppte sie sich weinend und wehklagend lebensmüde dahin, immer tiefer ins Wasser. Das Kind schrie.

Außer sich, malträtierte der Kinomusikant das Klavier, er schlug auf die Tasten ein, so als wolle er „das Schapp" zertrümmern. Adele stand das Wasser bereits bis zum Halse.

Da stand im Saal ein grobschlächtiger Mann auf und rief: „Adele, Adele!! Nimm nun bitte auch gleich den Ohrenkneifer mit!"

Die Ambiguitätstoleranz

Wir können uns winden und noch so wenden,
es hat auch mit Hochmut nichts weiter zu tun,
es gibt nun mal kundige Worte, die senden
das rechte Signal, ohne jedes Vertun.

Davon ist eines in Reinkultur
rein emsisch, ohne Firlefanz;
es hält uns auf der rechten Spur,
die Ambiguitätstoleranz.

Hätten wir davon nur mehr,
wie weitaus besser ging' es uns!
Es liefe nicht sogleich was quer
mit Hickhack zwischen Hinz und Kunz

Die Ambiguitätstoleranz
stärkt Groß- und Langmut ohnegleichen;
aus dieser standfesten Distanz
kann Trotz sich nur von dannen schleichen.

Dementi

Es gibt Ereignisse, die lassen unwillkürlich ausrufen: „Das gibt's doch gar nicht!" Und doch gibt's das. Sonst würde man es ja nicht sagen. Drum folgt oft gleich diese Bemerkung noch: „Könnt's unwies bei werden!" Das aber nun wieder besser nicht.

So lebte einst in Maczkóv bei Haren Erika, eine Witwe, die sich dort nach Kriegsende gerne männlichen Beistand wünschte. Nun könnte man sagen: „Na ja, warum nicht". Wäre da nicht die kuriose Frage: „Wie, wo und was ist denn da mit *Maczków*?"

Ja, es gab Zeiten, da war die nördliche Stadt an der Ems von mehr als zwei Polen bevölkert. Denn als im Mai 1945 der Zweite Weltkrieg endete, wurde Haren/Ems für drei Jahre, von 1945 bis 1948, zum polnischen *Maczkóv;* denn auf Befehl der britischen Militärregierung mussten die Harener ihre Stadt verlassen, um Platz zu machen für polnische *„Displaced Persons"*, die wegen mangelnder Transportkapazitäten und auch wegen der politischen Lage in Polen nicht in ihre Heimat zurückkehren konnten oder wollten. Damit war Haren plötzlich voll mit 40.000 polnischen Exilanten. Die Harener lebten plötzlich als Fremde in ihrer eigenen Stadt.

Erst am 10. September 1948 klang weithin das Festgeläut der Glocken des Harener Emslanddomes, denn aus der deutschpolnischen Enklave *Maczkóv* wurde wieder Haren/Ems. Dem Herrn sei's geläutet: Es überdauerte das Original die Schablone.

Nun waren seinerzeit viele Männer im Krieg „gefallen". Die Folge war, dass viele Frauen zusehen mussten, wie sie in der schweren Zeit allein durchkamen. Eine davon war Witwe

Erika, die sich einerseits überfordert, andererseits aber auch unterfordert fühlte. Das ausgewogene Verhältnis zwischen Mann und Frau ist nun mal *1 : 1*. Und das kann sogar auch gerne umgekehrt sein … Jedenfalls fühlte Erika sich ihres Alleinseins überdrüssig.

Erika bewirtschaftete im Harener Stadtteil Landegge, an der Ems gelegen, eine kleine Kötterei. Ihre Kinder waren aus dem Hause und ihr Mann war 1940 schon in Frankreich „gefallen“. Um durchzukommen, hatte sie zwar tagsüber viel zu tun und konnte sich durch Arbeit ablenken, doch abends saß sie allein und fragte sich von Tag zu Tag mehr, ob sie nun, wo die Zeit sich zum Guten wendete, allein alt werden wollte. Sie wollte es nicht. Erschiene ihr nur der Richtige, wäre Erika „nicht abgeneigt“. Doch Amors Pfeil hatte noch nicht getroffen.

Dabei war Erika „eine Frau in den besten Jahren“, die sich trotz der schlechten Jahre erstaunlich gut gehalten hatte. Erika litt unter Torschlusspanik. Herrjeh, statt dass die Zeit die Liebe vertreibt, wäre ihr lieber, nun auch mal mit der Liebe die Zeit zu vertreiben!

Doch nun regte sich Hoffnung. Ja, kommt Zeit, kommt Rat. Ein neuer Lieferant fuhr wöchentlich mit dem Raiffeisenlaster vor, um die eine und andere bestellte Ware „für das bisschen Landwirtschaft" bei Erika abzuliefern. Gar nicht schlecht. Ein stattlicher Mann, gut zwei Meter wohl, zwar nicht mehr ganz jung aber, na ja, insgesamt nicht zu verachten. Und ohne Ehering! Das ließ hoffen. Erika bestellte zwischenzeitlich schon mal „extra was". Doch es schien, Amors Pfeil traf und traf ihn nicht. Dabei machte Erika ihm, von Woche zu Woche mehr, schöne Augen. Aber es strahlte nichts zurück. Stets gab sich der Mann sehr beschäftigt, schnell abladen, quittieren und: „Tschüss." Sie wusste noch nicht einmal seinen Namen. Sie nannte ihn für sich „den Großen".

Als aus Wochen nun bereits zwei Monate geworden waren und „der Große" immer noch nicht Feuer gefangen hatte, wusste die schöne Witwe sich nicht anders mehr zu helfen, als sich mit ihrem Anliegen der Mutter Jesu im Harener Emslanddom anzuvertrauen. Dort wollte sie, in der ruhigen Mittagszeit, Maria um Hilfe bitten. Und so zündete sie vor der *Immerwährenden Hilfe* auch eine Kerze an und flehte: „Oh Heilige Maria, ich bitte dich, gib mir doch den Großen. Du Immerwährende Hilfe ich vertraue dir, schenk ihn mir, den Großen."

Obwohl weit und breit niemand zu sehen war, schlawinerte eines Tages, unbemerkt im seitlichen Mittelschiff des Doms, Joost Jansen, der Kirchenküster. Er stutzte, verhielt sich ganz ruhig und vernahm erstaunt das murmelnde Flehen der Frau. Er lachte dabei unmerklich auf. Das war ja was! Schelmisch wie er war, nahm er sich vor, heimlich dabei mitzumachen.

Am nächsten Mittag erschien Erika auch wieder im Emslanddom vor dem Gnadenbild. Für sie unsichtbar, hockte dahinter nun aber bereits der Küster. Nichtsahnend fiel Erika, nach dem Anzünden der Kerze, dort auch wieder auf die Knie und flehte: „Oh Heilige Maria, ich bitte dich, gib mir doch den Großen. Du Immerwährende Hilfe, ich vertraue dir, schenke mir den Großen!"

„Den kriss aber nich, den kriss aber nich", imitierte der jackelige Joost mit hoher Stimme das Jesuskind.

Erika erstarrte vor Schreck. Was war denn das?! Also nein. Doch sogleich sprang sie auf und herrschte aufgebracht das Jesuskind auf dem Arm der Mutter Maria an: „Ich glaub ich hör wohl nich recht! Halte du dich da lieber raus! Und wenn du zehnmal das Jesuskind bist, aber da lass deine Mama män was drauf sagen, die kennt sich mit so was allemal besser aus als du!"

Peter und Paul – und Maria

Erikas Problem ist so alt wie die Welt, es ist das Problem der zerrinnenden Zeit. Wer kennt es nicht? Irgendwann merken wir, dass uns die Felle wegschwimmen. Poetischer ausgedrückt: Erfüllte Zeit bringt Rosen, zerrinnende Zeit Neurosen. Hinter allem verbirgt sich die Gewissheit der Endlichkeit, sie lässt sich nicht wegleben. Und dann?

Gehen die Kölner am Rhein jovial davon aus, dass sie am Ende alle in den Himmel kommen, weil sie ja so brav sind, sind wir an der Ems dagegen schon um einiges besorgter. Was da im Goldenen Buch dann wohl bei Petrus an der Himmelspforte über uns so alles verewigt ist? Dass dann um Gottes Willen nicht gleich der Ort der Verdammnis droht, spornt uns hier unten schon mal dazu an, emsig an der Gnade Gottes mitzuwirken. Das scheint wohl auch ganz gut so, denn da steckt ja doch ganz tief die christliche These, dass letztlich keiner dem Jüngsten Gericht entkommen kann.

Wenn einer davon mitreden kann, dann Paul. Den lieben langen Vormittag hatte Paul nun auch schon im Schweiße seines Angesichtes fleißig gegärtnert. Immer emsig, war sein Motto: „Sich regen bringt Segen." Doch nun war Mittag.

Nach dem Mittagessen, mit einem Dutzend goldgelb knuspriger Tuffelpannkooken (Kartoffelpfannkuchen), gönnte Paul sich „ein Nöönken" (kurzes Mittagsschläfchen, von *Non,* der klösterlichen Mittagshore). Selbst jetzt, auf dem Küchensofa, war das Nichtstun nichts für Paul. Nein, sogleich hatte sich Paul auch schon einen gewaltigen Baumstamm vorgenommen, den er nun in kleine Stücke sägte: „Rrrrrr-et! Rrrr-rrr-rr-et!" So ging das immerzu.

Doch plötzlich ... Plötzlich schien es ihm, als gleite er leichthin davon – wie von einem sanften Windhauch emporgehoben, himmlischen Gefilden entgegen. Immer höher. Unter ihm ließ er eine stattliche Anzahl korrekt gesägter Baumscheiben zurück. So ließ Paul die Welt unter sich, weit unter sich – bis er plötzlich die Himmelspforte vor sich sah. Es durchzuckte ihn dabei. So war das also mit dem Tod ... Jaja, ist es einmal soweit, hält ihn niemand auf. Doch was war das? Von Ferne vernahm Paul eine sonore Stimme. Das konnte nur Petrus sein, der da sprach:

Lieber Paul, nun fürcht' dich nicht!
Wend' mir zu dein Angesicht.
Hier erblüh'n die frommen Herzen
aus dem tiefen Tal der Schmerzen.

So komm nur her, du braver Mann,
und fang auch hier sogleich nur an
zu gärtnern in den Himmelsauen.
Wir könnten da ja gleich mal schauen ...

... schauen, was es für ihn nicht so alles zu tun gäbe, beendete Petrus seinen feierlichen Sermon. Paul wollte wohl auch gleich schon in die Hände spucken, doch nun sah er Simon Petrus in seiner ganzen Größe immer deutlicher. Was für ein atemberaubender Anblick! Paul durchzuckte es nur so. Petrus in Person! Welch ein Bild!

Kaum zu glauben, aber der geachtete Himmelswächter saß stattlich auf einem bequemen Gartenstuhl, Typ *Teak-Hochlehner*, mit einer schmucken Klappsesselpolsterauflage in feinem Sternchendeko; über sich ein großartiger Rosenbogen, feuerverzinkt, in üppiger Pracht umwachsen mit duftend blühenden Rosen; wahrlich eine himmlische Rose!

Das sei die Sorte *Sabrina* drückte Petrus Paul ein Auge zu. Reinweiß und in der Mitte, oho, leicht apricot. Himmlisch! Wie alles nun hier. Genau wie Petrus sagte: *Hier erblüh'n die frommen Herzen …* Und wie! Wie wahr, wie wahr!

Paul fühlte sich aller Erdenschwere entrückt. Wüsste er nicht genau, dass Petrus vor ihm säße, so hätte er auf Gärtner Pötschke getippt: Schon in die Jahre gekommen der Mann, langer weißer Rauschebart mit grüner Schürze und gutmütigem Angesicht. Doch statt der Tabakpfeife (die himmlischen Gefilde waren wohl rauchfrei) hielt Petrus ein ansehnliches Bronzekreuz in seiner Rechten, womit er Paul gutmütig zu sich winkte.

Eher unser Emsgärtner Worte fand, sprach Petrus freundlich zu ihm: „Tschä Paul, dass der Himmel hier ein recht ansehnlicher Bauerngarten ist, das hättes wohl nich gedacht, was?"

Nä! Das hätte Paul nicht gedacht! Dennoch war ihm sogleich klar, dass es hier wohl keinen freien Eintritt gab. Er zauderte denn auch, als Petrus ihn näher zu sich hin bat und sein großes Buch aufblätterte. Du lieber Gott! Was jetzt wohl kam?

Da sprach auch schon der Himmelswächter zu ihm: „Paul, nun hör mir mal gut zu. Ich weiß, du bist kein schlechter Kerl, aber einige Seelenflecken von dir trüben hier nun doch den paradiesischen Glanz." Und diese seien fegefeuerpflichtig. Aber er, Petrus, habe eine Idee. Und er kniff Paul dabei ein Auge zu. „Unter uns", so Petrus, „könnten wir das vielleicht auch anders hinkriegen." Also, statt all der Unannehmlichkeiten des Fegefeuers, könnten ihm ebenso gut auch vier Wochen Gartenarbeit in den Außenanlagen des Paradieses die Aufnahme in die himmlische Herrlichkeit ermöglichen. Ob er damit einverstanden sei. „Selbstverständlich!" nickte Paul, „auf jeden Fall." Da erfolgte auch schon der Handschlag. Wo er denn anfangen solle?

Petrus wies rechts von sich und meinte, dieser Lappen Land, da vor dem Sommerhaus der Mutter Maria, der hätte es schon mal sehr nötig. Da könne Paul sicher gleich gut was machen. Ein Blick reichte und Paul wusste gleich, was da zu machen war. Paul nickte. Nun wurde auch nicht mehr lange geredet. Also los.

Paul stellte erfreut fest, dass er nicht einmal seine Holzschuhe hatte ausziehen müssen. Aus dem geräumigen Geräteschuppen griff er sich eine große Gartenkarre, Spitzspaten, Spatengabel, Unkrauthacke, eine Emsländer Sandschaufel, Harke, Spinnbesen und für's Feine noch den Strohbesen mit Kehrblech und Handfeger. Alles bestens. Gute Gartengeräte, leichte Arbeit. So ging ihm, gleich aus dem Stand, die Arbeit locker von der Hand. Es war ja auch eine schöne Gartenarbeit da am Sommerhaus der ehrwürdigen Mutter Maria. Es gab da allerhand zu tun, Beete umgraben, Kanten sauber abstechen, hier noch was an Dünger und da …

Da war nun auch schon Zeit für die Mittagspause. Nanu! Das roch ja gut. Auch im Himmel gab es *Tuffelpannkooken?* Ja, hier hießen sie aber *Reibeplätzchen.* Egal. Paul ließ sie sich schmecken. Er schmatzte doch nicht? Doch da legte er sich auch schon in die weit ausladende Gartenkarre und gönnte sich, ganz wie gewohnt, sein *Mittagsnöönken.* Was sein muss, muss sein, auch an der Himmelspforte in den nahen Mariengärten. Ja, das tat gut. Es waren wohl die sanften himmlischen Brisen, die dafür sorgten, dass Paul „ganz weg" war.

Doch plötzlich flogen die Sommerhausblendladen weit auf und die Gottesmutter Maria rief ihm streng zu: „Paul! Herrjeh, weißt du wie spät es nun schon ist? Mit langem Liegen ist hier keinem geholfen! Und überhaupt, wer ist *Sabrina*?!"

Oh. Paul schreckte hoch. Er wusste gar nicht, was er hörte. Welch ein Ton für die ehrwürdige Mutter Maria!

Doch … Ja, das war ja *seine* Maria!

„Mia, oh Gott, was is?!“ schüttelte Paul benommen seinen Kopf, richtete sich auf und rieb sein Kinn. Indes fragte seine Frau zurück: „Was? Du fragst *mich* das? Schnarchst herum, hast was mit *Sabrina* und kommst gar nicht wieder auf die Beine …“

„Jajaja“, erhob Paul sich reckend, „es geht gleich weiter im Garten. Und wegen *Sabrina* muss ich nun gleich erst mal bei Gärtner Pötschke anrufen …“

Bruni is de nich mehr

Hat jemand die Pforte zum himmlischen Paradies durchschritten (von anderen Möglichkeiten sei hier gar nicht erst die Rede), so heißt es emsauf, emsab nicht, er oder sie sei tot, nein, das klänge zu hart und unbarmherzig, es heißt: „Se is de nich mehr".

Das hat irgendwie mehr Weite und lässt uns gelassener nicken, statt erschrocken aufzublicken. Es tut gut, gerade in schweren Lebenslagen Menschen zu begegnen, die offenbar in sich ruhen. Im Leben gibt es ja viele Situationen, die es einem nicht leicht machen, die *Contenance* zu wahren. Dazu braucht es wohl auch Grundhaltungen, die die innere Zuversicht stärken und eine Freiheit jenseits aller Sachzwänge ermöglichen. Das bewahrt davor, im Alltag zerschlissen und in schweren Zeiten mutlos zu werden. Bruni hatte von all dem was.

Doch nun hatte es auch Bruni getroffen. Im Dorf machte der Satz die Runde: „Schon gehört? Bruni is de nich mehr."

Auch mich machte es traurig, aber nicht verzweifelt. Schön, dass es sie gab, diese Bruni. Mit Bruni geht eine allemal achtbare Frau aus der Welt. Sie war eine wie du und ich. Bruni hielt, wie man hier sagt, „die Reihen zusammen". Dabei tat sie, was sie konnte, ohne sich zu überfordern.

Nicht dass wir Bruni, so wie bei *Melitta,* neue Kaffeefilter zu verdanken hätten, nein. Die Frau hat auch nicht vor den Vereinten Nationen in New York eine aufsehenerregende Rede gehalten. Ebenso wenig hat im Berliner Bundestag jemand etwas von Bruni gehört. Bruni war keine Parteivorsitzende und saß auch nicht im Aufsichtsrat der Sparkasse. Als ordentliche Hausfrau war sie weder Cleanfluencerin, die mit tiefenreinigenden Produkten die Social-Media-Welten säuberte, noch Podcasterin, die mit Erfahrungsepisoden launigen Lauschern die Zeit vertrieb. Nein. Bruni hatte weder Follower noch Goldmedaillen. Obwohl sie gut kochen konnte, war von Bruni auch in keiner Kochshow etwas zu sehen. Nein. Bruni hat die Welt nicht umgekrempelt. Um diese Frau gab es keine Schlagzeilen. Nichts Außergewöhnliches. Und doch lebte sie das, was unsere Welt zusammenhält: miteinander reden, aufeinander zugehen und füreinander da sein. Darin war Bruni groß.

Still ging Bruni durch die Welt;
Sie machte um sich kein Gewält (Lärm um nichts).
Doch was sie tat, tat sie mit Mut,
war allzeit fleißig, fromm und gut.

Und nun „is Bruni de nich mehr".

Bruni hatte fünf Kinder. Ihr Mann verstarb allzu früh in jungen Jahren. Die Rente, das war nicht viel. Sie musste immer sehr auf's Geld achten. Ja, Bruni war sparsam, aber nicht geizig. Dabei achtete sie stets darauf, dass es den Kindern an nichts fehlte.

Die Enkelkinder waren „ganz Omakinder". Morgens durften sie schon mal zu ihr ins Bett. Das gefiel nicht nur ihren Enkelkindern, es freute auch Bruni. Noch vor Wochen hatte sie mit ihnen zusammen Plätzchen gebacken. Ansonsten las sie den Kindern gerne interessante Geschichten vor und erzählte ihnen aus der Familie „was von früher".

Was sonst noch? Bruni nähte und strickte gern. Nicht wenig davon ging „zum Verkauf für gute Zwecke" in den Weihnachtsbasar. Bruni ging auch gern unter die Leute. Sie sang im Kirchenchor und organisierte muntere Radtouren für die Frauengemeinschaft. Ansonsten hielt sie ihr Häuschen „gut in Schuss“ und gärtnerte mit Hingabe. Angeblich sprach sie sogar mit Blumen und Pflanzen.

Warum ich das alles hier schreibe?

Weil bei solchen Menschen wie Bruni niemand am Grab große Reden hält. Weil über solche wie Bruni nichts in den sozialen Medien zu finden ist. Weil keiner ein Wort darüber verliert, was mit Bruni verloren geht. Dabei bräuchten wir alle mehr Brunis.

Solche Menschen wie Bruni sind für die Welt wahre Wohltäter. Sie helfen, wo sie können, ducken sich nicht weg, „wenn mal was ist“ und maulen nicht gleich herum, wenn etwas nicht so läuft, wie erhofft. Sie quälen niemanden, tun keiner Menschenseele unrecht und sind stets da, wenn sie gebraucht werden. Und doch kommen solche wie Bruni in der öffentlichen Wahrnehmung kaum vor.

Umso mehr will ich nun gleich los, damit Bruni wenigstens noch posthum das Bundesverdienstkreuz 1. Klasse bekommt.

Wenn nicht Bruni, wer dann?

Frohnatur

Bruni war, als Frohnatur,
alles andere als stur.
Sie sagte stets: „Mit Gottvertrau'n
lässt sich's getrost nach vorne schau'n."

Es reichten ihr die kleinen Sachen,
um sich zu freu'n und gern zu lachen –
nicht schallend laut mit Holdrio,
dafür mehr innig, ohne Show.

Man spürte ihre Herzlichkeit,
das machte Brunis Dankbarkeit!
Der Grund für ihre Frohnatur:
Sie sah im Leben Gottes Spur.

Der Grabsprung

Nun war auch Klasings Erna gestorben. Wie heißt es hier: „Wir sind ja alle mal dran", aber so wie Erna … Erna fiel beim Stricken um, einfach so. Jaja: „Eenmaol löpp dat Klüüven aff" (irgendwann läuft der letzte Faden vom Knäuel).

Da ging es nun auch schon mit Erna zum Friedhof. Der Geistliche tat, was er konnte, damit auch Erna feierlich die Welt verließ. Das Requiem in der Kirche war bereits gut überstanden, da bewegte sich der Leichenzug auf dem Friedhof auch schon dem offenen Grab zu. Dort angekommen, schauten die Trauernden betroffen nieder, einige Frauen tupften sich die Tränen ab und etliche Männer schauten verlegen himmelwärts, so als würden sie Erna dort nun schon suchen, indes der Pastor feierlich mit Andacht „am Grab zugange war".

Und schon ging es mit Erna hinab. „Oh Welt, ich muss dich lassen", ließen die Sargträger den Totenschrein an Stricken ins Grab hinab. Dabei griff der Pastor das bereitgestellte Schüppchen mit Erde und verkündete: „Von der Erde bist du genommen und zur Erde kehrst du zurück …"

Oh, was war denn das?! Hochwürden merkte, dass am Rand des Grabes die Erde unter seinen Füßen nachließ. Er konnte noch sagen: „Der Herr aber wird dich auferwecken …" Da sprang der Mann auch schon mit einem weiten Satz über das Grab hinweg auf die Kopfseite. Das war gerade noch mal gutgegangen!

Jesses! So was hatten sie dort im Dorf noch nicht gesehen. Eher sich nun aber die Stimmung ins Spassige wendete, hustete der Geistliche einmal streng und laut vernehmlich und tat, als sei nichts gewesen. Er rief Erna von der anderen Grabseite her feierlich noch die letzten Worte nach und beendete alles mit einem wohlgesetzten „Amen“.

Es gibt Ereignisse, die bleiben in der Erinnerung, auch wenn sie nicht ständig erinnert werden. Vieles gibt sich mit der Zeit; es sei denn, ähnliche Ereignisse könnten Vergleichbares ermöglichen.

In diesem Falle war nun „plötzlich und unerwartet" der Jahnsportler Laufmöller gestorben. Doch frage nicht wie. Bei gut einhundert Watt kippte er jählings von seinem Fahrrad-Heimtrainer und verschied, den Schweiß noch auf der Stirn. Schon am Tag darauf begannen die Vorbereitungen zum bevorstehenden Begräbnis.

Wie üblich besprachen die Angehörigen Einzelheiten mit dem Pastor. So und so hätten sie sich das gedacht. Der Geistliche, ein verständnisvoller Mann, nickte dezent dazu und machte sich hier und da einige Notizen. Ach so, ja, da wäre noch etwas! Es ging um diesen famosen Grabsprung vor einiger Zeit, der doch sehr beeindruckend gewesen sei. Ob in diesem Falle nicht wohl der Herr Pastor für den sportlichen Verstorbenen …

Jaja, er wisse wohl worum es ginge, nickte der Pastor, winkte aber gleichzeitig ab, denn leider würde ihm sein Ischias … Also beim besten Willen nicht! Doch hätten die überspannten Bittsteller an der Pastorat lieber erst den Hausspruch gelesen:

Wer guten Sinns hier kommt herein,
der soll auch gern willkommen sein.
Doch wem da fehlt Takt und Manier,
der bleibe draußen vor der Tür.

Gnotschis und sonst so was

Die meisten wollen nicht sterben und doch gibt es auch andere, die möchten – lebenssatt – sehr wohl bald sterben. Auch Mia, die alte Nachbarin, sagte mir bei meinem letzten Besuch noch „der liebe Gott hat mich wohl vergessen". Dabei wäre sie soweit. „Es ist alles getan. Alles ist gut. Was mehr denn noch?"

Mia ist Witwe und lebt nun schon zwei Jahre im Altenheim. Sie hat drei Söhne. Einer ist bereits gestorben, der andere wohnt in ihrer Nähe und der Jüngste ist „weit weg in der Welt". Da würde er auch wohl bleiben, sagte sie mir einmal. Auch wenn sie ihn kaum sehe, ginge es ihm gut „da hinten in Amerika". Das sei die Hauptsache, nickte sie zufrieden. Einmal in der Woche telefonierten sie miteinander. Wie schön, dass das möglich sei!

Alles in allem sei heute zwar nicht mehr alles so wie früher, aber es gäbe auch ganz viel Gutes, das es noch nicht gegeben habe, als sie jung gewesen sei. Dabei gäbe es auch immer wieder was, das müsse man nehmen, wie es komme. „Mäcks doch nix an" (es lässt sich doch nichts daran ändern); sie winkte ab.

Mit dem Essen sei das auch so. *Pannekooken un Dörgemöös* (Pfannkuchen und Eintopf) würde sie im Heim wohl vermissen, aber ansonsten wäre das Essen gut. „Da muss man sich einfach so bei durchessen", sagte sie mir einmal, dann ginge es. Und sie lachte dabei.

Die alte Schüring klagt aber nicht. Sie sagt: „An er Ems gibt's so was nich. Das ha'm wir hier nicht gelernt." Worauf es ankäme wäre die Genügsamkeit. Dabei bliebe dann auch immer noch viel, wofür man dankbar sein könne. Mia war ihr Leben lang genügsam, besser gesagt, bescheiden.

Heute, mit über 90, geht's ohnehin „was ruhiger zu im Kopp". Das wäre auch gut so. Jaja, wer weiß, „wofür's nich alle gut is". Wenn auch die Knochen „nicht mehr so wollen", aber „Hauptsache der Kopf is noch einigermaßen gut mit dabei". Man sei schließlich nicht im Altenheim, um zu tanzen. Oh, da musste sie schon wieder lachen. Aber mit der Tanzerei hätte sie es ohnehin „nicht so gehabt".

Stimmt. Auch ich kannte die alte Frau eigentlich nur tätig. Bis ins hohe Alter hinein musste sie alleine fertig werden. Ob im Haus oder im Garten, Arbeit gab's von morgens bis abends. Wohl auch darum war die Schürze Mias Markenzeichen. Mia und ihre Schürze, sie gehörten zusammen. Morgens beim Anziehen kam gleich die Schürze „demit um". Zwei Handgriffe um die Hüften, und schon flogen die Träger über die Schultern. Am Latz, an der rechten Seite, steckten, gleich einem Orden, immer zwei Sicherheitsnadeln. Selten gebraucht, doch im Falle eines Falles gleich zur Hand.

Hier brauchte Mia keine Schürze mehr. Und Sicherheitsnadeln schon gar nicht. Ob sie beides wohl vermisste? Ich fragte lieber nicht. Vorbei ist vorbei. Doch eines musste ich ihr nun doch sagen:

Als Kinder hielten wir uns an Mias Schürzenende fest, wenn es in den „düster'n Keller" ging oder es sonst nicht so ganz geheuer war. Und lief die Nase, konnten wir auch ohne Einspruch da mal eben in die Schürze „schnöttern".

Ein warmer, feuchter Glanz trat in ihre wässrigblauen Augen. Sie lächelte. Es schien ihr wie gestern noch alles präsent. Da sagte sie: „Jaja, hätte ich män noch meine Schürze um".

Ja, überhaupt, das Schürzenende. Mia zog damit den heißen Topf von der Herdplatte, trocknete darin ihre Hände und wischte sich damit den Schweiß von der Stirn. Sogar Fliegen wurden mit der Schürze vom Tisch „bandieselt". Und wollte das Feuer in der Kochmaschine nicht flackern, wehte Mia vor der offenen Herdklappe mit der Schürze, so dass die Flammen wieder züngelten. Was dann so auf den Teller kam, das schmeckte.

Wie gesagt, nicht dass ihr das Essen heute im Altenheim nicht schmecken würde, aber es ist wohl nicht so, wie zuhause früher gekocht. Dafür gäbe es nun mehr „alle so diese modernen Mahlzeiten". Sie bekäme jeweils immer schon für eine ganze Woche die Speisenkarte, worin sie ihr Wunschgericht anzukreuzen hätte. Das wäre nicht immer einfach. Namen wären das! Vor Ratlosigkeit kreuze sie „schon mal alle so was an". Man würde davon wohl nicht sterben. Und wenn …, ja dann hätte sie es endlich geschafft. Doch solange sie da sei, schmeckten ihr nun auch sogar *Gnotschis!*

Nein, sie könne und wolle nicht klagen. Man müsse eben „alles so nehmen, wie es kommt". Und wenn einer zu Besuch komme, umso schöner! Dann könne man mal wieder „nett was reden". Aber auch so bekäme sie „den Tag gut rum".

Wie? Sie lacht, mehr so in sich hinein. Mit Beten. Sie schaut mich an und sagt: „Je älter man wird, umso mehr hat man zu beten." Man kann es ihr glauben, bei diesem Spruch an der Wand:

Was die Seele im Alter braucht

Sie braucht einen Platz, auf dem sie steht.
Sie braucht einen Freund, der mit ihr geht.
Sie braucht etwas Schönes, das empor sie hebt.
Sie braucht die Freude, solange sie lebt.

Sie braucht ein Tun, das sie täglich erfreut.
Sie braucht Stille, Sinn und Beharrlichkeit.
Sie braucht Orientierung, für Gott bereit –
zum Lauschen und Ahnen der Ewigkeit.

Ich dachte: Stimmt. Was da steht, ist sicher nicht auf Knopfdruck aus der Steckdose gekommen. Die Seele hat keine Steckdose.

Die Seele hat keine Steckdose

Wer hat denn das herbeigesehnt? Eine Sinfonie mit *MAiRA Pro S* am Pult, dem ersten kognitiven Roboter. Obwohl ich so etwas selten denke, denke ich: „Und was würdest du dazu anziehen?“ Ich halte Freizeitkleidung beim Besuch einer Sinfonie nun mal für unangemessen, zumal eine gewisse festliche Note die Wertschätzung und Würdigung den Künstlern gegenüber zum Ausdruck bringt. Und nun? Sollte ich mir vielleicht avantgardistisch ein besonderes Verlängerungskabel über die Schulter hängen? Immerhin sei der musikalisch versierte Kunstroboter durch seine gestromte Energiezufuhr in der Lage, die orchestralen Takte und Dynamiken so anzuzeigen, dass sie ein harmonisches Klangerlebnis ermöglichten. Wer hätte das gedacht? Mehr noch, um nicht aus dem Takt zu kommen, könnten die insgesamt drei Arme (!) der „Kulturmaschine“ das in Gruppen aufgeteilte Orchester sogar unabhängig voneinander durch komplexe Passagen führen. Da staunt der Laie und der Fachmann wundert sich. Wie tröstlich da noch der letzte Hinweis, dass nämlich bei diesem *Klangerlebnis der besonderen Art* immerhin noch der Mensch „die kreative Kontrolle und das letzte Wort“ habe, obwohl die Grenzen fließender würden. Also doch Sakko mit Einstecktuch? „Immerhin“, denke ich, wem gelte sonst wohl der Applaus? Oder sind mir etwa adäquate elektronische Räppelchen unbekannt? Es würde mich nicht weiter wundern. Vielleicht kommt ja bald die Technik schon ganz ohne uns aus … Das würde mich dann doch wieder bekümmern. Denn, wird die Seele mundtot gemacht, wird zugleich der Sinn „entmündigt“. Da ist es bis zum Unsinn nicht mehr weit.

Nicht mehr unter dem Dirigat eines Kantors, nicht mehr begleitet von der Musikalität eines Organisten, ja, nicht mal mehr aus Orgelpfeifen, sondern aus elektronisch gesteuerten Klangboxen, die auf Fernbedienungsknopfdruck erklingen, werden nun schon alsbald Kirchen „beschallt". Doch ersetzen technische Perfektionen keine seelischen Resonanzen. Denn nur bei lebendiger Musik mit echtem Klang schwingt auch die Seele mit. Da stimme ich mit Kardinal Faulhaber (1869 – 1952) überein, der einmal sagte: „Die Kultur der Seele ist die Seele der Kultur."

Ich erstarre bei dem Gedanken, Gott auf Knopfdruck „loben zu lassen". Ist auch diese Neuerung keine Seltenheit mehr, so bleibt dabei doch die Seele außen vor. Eine Kirche ohne Orgel ist wie ein Haus ohne Kinder. Zwar gibt es in der Ems-Dollart-Region auch heute noch wohlbekannte Orgelbauer wie Hendrik Ahrend in Leer-Loga, dessen Kunstfertigkeit aber beschränkt sich fast nur noch auf Renovierungs- und Reparaturarbeiten – wenn überhaupt …

Zwischenzeitlich ist auch entlang der Ems ein Trend zu beobachten, der mich nachdenklich macht. Kirchen sind tagsüber zum Schutz vor Vandalismus geschlossen. Traurig.

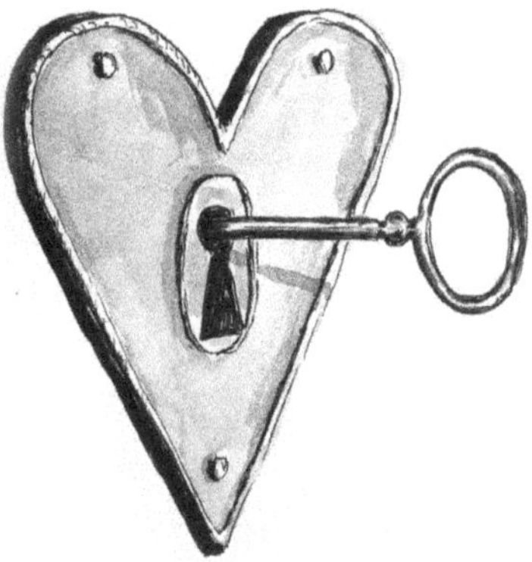

Verschlossene Kirchen sind ein kulturelles Armutszeugnis. Von einer Kultur der Seele ist nichts mehr zu spüren. Andere Gotteshäuser und Kapellen werden, wenn nicht gar abgerissen, geschlossen, profaniert oder annulliert.

„1992 wurde die alte Orgel verkauft. Mit dem Geld hat man damals das Kirchendach saniert", so das Statement der Landgemeinde Hohenwulsch in der Altmark von Sachsen-Anhalt. Das komplette Gesangbuch der Gemeinde sei im Kirchenbüro gespeichert. Man brauche nur noch die Liednummer und die Strophenanzahl eingeben, auf *Play* drücken und das Instrument spiele von alleine. Hört, hört! Ja, selbst wenn sich das Gesangbuch ändere, könne auch das kurzerhand upgedatet werden. Na toll. Aber was sollte daran noch erlebenswert sein?

Lebenswert ist ja das, was ich als *Lebens-Wert* erkenne; er ist somit etwas sehr individuell Erfahrenes und Verinnerlichtes, etwas, was mich anrührt. Ja, dadurch können sich sowohl Herausforderungen ergeben, die bisher Gewohntes in Frage stellen wie auch Gründe, tradierten Werten weiterhin treu zu bleiben.

Wird die Orgel verkauft, um mit dem Erlös das Dach zu sanieren, mag das immerhin noch besser sein, als es auf Dauer durchregnen zu lassen. Aber gäbe es zur Vermeidung dieses Dilemmas nicht vielleicht auch noch andere Möglichkeiten? Mir scheint das so, als würde ich die Küche verkaufen, um mir ein schöneres Wohnzimmer einrichten zu können. Nun könnte man sagen: „Das soll doch jeder selbst entscheiden." Ja. Aber nicht, wenn andere mit betroffen sind. Deren Lebenswerte können und dürfen doch nicht ignoriert werden.

Um beispielsweise den Fokus wieder auf die Orgel zu lenken, kann und darf ein Kunstaufguss nicht leichthin mit einem Kunstgenuss verwechselt werden. Da wäre eine Andacht auf Knopfdruck wohl nur dürftiges Religionstheater. Dann fehlte nur noch der *Seelomat.* Seelische Streicheleinheiten mit dem richten Passwort und dem nötigen Kleingeld. Es wäre ein Hohn. Denn das, was durch und durch wirkt, wirkt immer auf eine besondere Art und Weise, jenseits von zweckmäßiger Funktion. Das ist so wie mit den Kirchen selbst. Die Steine alleine machen es nicht. Auch frage man sich einmal, warum gerade so viele moderne Kirchen wieder abgerissen werden, wo hingegen die alten, nach Jahrhunderten, immer noch stehen? Ermahnen sie uns nicht auch auf ihre Art und Weise zu mehr Inspiration? Zu mehr Sinn durch Besinnung?

Mir erscheinen viele nüchterne Sakralbauten eher wie bessere Gerichtssäle, wo das Funktionale bestimmend ist; ich kann mich dort nicht heimisch fühlen. Dort fällt es mir schwer, mich fallenzulassen, zu mir selbst zu kommen … Und doch ist nicht jede moderne Kirche gleich so. Nein. Was wir viel mehr brauchen, sind Lebensräume für unser Innenleben, wo Herz und Seele wieder zueinander finden. Da schenkt oft schon eine brennende Kerze mehr Hilfe und Zuspruch, als eine Stunde beim Therapeuten.

Es stand ausgerechnet im Hamburger Abendblatt: „Während um den Michel herum die Unersättlichkeit des Lebens überschwappt, geschieht in Hamburgs berühmtester Kirche Erstaunliches: Sich von lebenswerten Lebenswerten anrühren lassen, Zusichselbstkommen, Mystik, Stille, Kraft tanken. Ein magischer Ort, ohne den Hamburg seelenlos bliebe.“

Als ich noch in der alten Liebfrauenkirche im Zentrum Frankfurts im Rahmen der offenen Mittwochabende Vorträge hielt, flackerten dort im stillen Innenhof der Kirche täglich mehr als tausend Kerzen, indes nebenan auf der *Zeil* der Mammon angebetet wurde. Hier hingegen, in dieser stillen Religionsoase unter den himmelhoch verglasten Bankentürmen, konnte die Seele Atem holen und das Herz sich weiten.

Doch ist auch das, selbst im ländlichen Raum, nicht mehr selbstverständlich. Sind vereinzelt Kirchen noch geöffnet, brennen dort vereinzelt nur noch Kerzen. Und wenn, brennen kaum noch echte Kerzen. Dafür leuchten elektrische Lampenkerzen, Brenndauer ca. 1 Stunde „nach Einwurf von 50 Cent". Das mag ja praktisch, sicher, funktional oder sonst was sein, für Herz und Seele aber ist das nichts. Die Seele hat keine Steckdose.

So wie ein sinnlicher Duft weit mehr ist, als nur schöner Geruch, ist Kerzenlicht weit mehr, als nur Beleuchtung. So einer *Be*leuchtung fehlt die *Er*leuchtung. Das Licht aus dem Docht vermittelt Geborgenheit, Sehnsucht und versinnbildlicht den Wunsch nach einem Licht in uns.

Bereits seit 1986 werden zur Weihnachtszeit in den Kirchen Kerzen am Friedenslicht aus Bethlehem, dem Geburtsort Jesu, entzündet, von wo dieses lebendige Licht vieltausendfach weltweit verbreitet wird, ohne Strom. Strom mag was für Roboter sein, für Herzen ist Strom nichts.

Doch siehe da, er ist bereits da: *Bless U 2*, ein 1,80 m großer Roboter, der, von künstlicher Energie durchströmt, freundlich mit den Augen klimpert, wenn man ihn zweimal antippt. Emsländern würde dabei der Draht aus der Mütze springen.

Bless U 2 kann aber noch mehr. Dreimal angetippt, bewegt er rechtsseitig Arm und Hand so, dass er segnet, wobei seine Augen dabei eine Weile leuchten. Sieh an, sieh an! Meinetwegen können Roboter ja Rasen mähen oder uns sonst was an Arbeit abnehmen, diese Art Automatisierung kann sogar eine große Hilfe sein, aber technischer Service für die Seele? Nein. Um Gottes Willen nicht.

Fehlt nur noch ein *Taufomat* oder, ganz entspannt, ein *Trauomat.* Als neueste Errungenschaft einen Geldschein in den Greiferschlitz einfügen und dann, aufgepasst, je nach Abfrage eingeben:

Tag und Datum, Name bzw. Namen der Paten oder Beteiligten, Auswahl eines Bibelverses, Orgelspielvariationen favorisieren, Predigtthemen wählen, Segen mit oder ohne Glockenklang, Urkunde auf Bütten oder Pergament, gewünschte Zeitdauer einstellen, dann *OK* drücken – und fertig. Fehlt am Kircheneingang nur noch der *Kirchomat,* der gegen Wunschabfrage und Benutzungsgebühr gegen einen geweihten „Chip mit Zeitfenster" das Kirchenportal öffnet und zeitgerecht wieder schließt.

Oh je. So was tut mir förmlich weh.

Wie könnten diese *Seelomaten* unseren seelischen Bedürfnissen „Rechnung tragen"? Gar nicht. Also weg damit. Ich würde so einen Seelenroboter sang- und klanglos aus dem Kirchenradius entfernen und ihm auf dem Wertstoffhof vielleicht noch wünschen: „Nun roste sanft!"

Vorsicht

Es war schon immer so
und wird wohl auch so bleiben:
Gegen den Status Quo
schließen frühreif sich die Reigen.

Jedoch mit etwas mehr Bedacht
würde oftmals offenbar,
dass manches war zu kurz gedacht,
nicht achtend gutes Inventar.

Nicht alles, was modern erscheint,
hält dauerhaft, was es verspricht.
Oft wurde just rein das beweint,
auf das man einstmals war erpicht.

Es heißt ja nicht von ungefähr,
zu prüfen alles im Obwalten;
denn nach wie vor gilt eines sehr,
das Gute würdig zu behalten.

Drum gilt der Rat, erst abzuwägen,
ob es auch trägt, so manch Geheiß –
um nicht den Ast feist abzusägen,
auf dem man sich getragen weiß.

Winterweihnachtsduft

Wird Weihnachten nicht in eine Einkaufstüte gepackt, zeigen sich vielleicht gläubige Lichtblicke, die ahnen lassen, welch epochale Ressourcen in diesem christlichen Fest gegen die Hoffnungslosigkeit stecken. Klar, dass jeder Mensch jedes Jahr diese besonderen Tage des Jahres auf seine ihm eigene Art erlebt. Doch wie immer beschrieben, bleiben die tiefsten Empfindungen letztlich unbeschreiblich.

Ich vergesse nie meine erste Weihnacht „fern der Heimat", 1972, weitab von White Christmas, in den Bergen der kargen mexikanischen Halbwüste des Mezquitals, bei den indigenen Otomí. Für weihnachtliche Stimmung dort wäre einzig der Little Drummer Boy mit seinem *Parum-pa-pa-pum* denkbar gewesen. Aber auch von ihm war weit und breit nichts zu hören und nichts zu sehen. Backend heiß war es an diesem Heiligen Abend, nahe der Ortschaft Chilcuautla. Wir saßen bei gut 30 Grad draußen vor der Tür und drehten am Kurzwellenempfänger, um die Deutsche Welle aus der Heimat einzufangen. Computer oder gar Smartphones gab es noch nicht. Nicht einmal einen Fernseher hatten wir. Wurde es abends dunkel, iahten vielleicht noch einige Esel, das war's dann aber auch. Doch nun knackte und rauschte es plötzlich verheißungsvoll aus dem Grundig-Weltempfänger. Mit betont langsamer Deutlichkeit hallte, von schwankenden Funkwellen durchknistert, eine markante Stimme aus dem Äther: „Hier ist die Deutsche Welle. Wir senden nun nach Zentralamerika ... Die Glocken des Kölner Doms läuten die Weihnacht ein ..." Wir schauten uns an, sagten nichts, Herz und Seele verhüllten jedes Wort. Uns durchdrang ein festlicher Klang. Was für ein wunderbares Geläut! Da hatte jeder Klöppel seinen eigenen Sound. Erhaben ruhig, und doch mit mächtiger Wucht, schlug „der dicke Pitt“ den Grundton dazu. Unser Herz schlug mit. Wir lauschten bewegt.

Seitdem versuche ich bis heute, immer ein wenig innezuhalten, wenn Glocken läuten. Als Aufruf zu einem sinnerfüllten Leben aus den Ressourcen der christlichen Botschaft, durchwirken Glocken seit Generationen unsere Kultur. Glocken läuteten in Glück und Not. Morgens riefen sie auf zum Gebet, um dem Schöpfer für die Ruhe der Nacht zu danken und um einen gelingenden Tag zu bitten. Mittags läutete, nicht nur zur Mahlzeit, als Zeichen der Demut die Friedensglocke zum *Angelus.* Und die Abendglocke erinnerte an Dank und Segen für den nun zu Ende gehenden Tag, der, so wie er war, so nie mehr wiederkommen wird … So reiht sich ein Geläut an das andere, bis am Ende des Lebens die Totenglocke erklingt. Glocken verbinden Anfang und Ende, Himmel und Erde. Glocken regen an zur Besinnung im lärmenden Tohuwabohu des Lebens. Glocken vermitteln in jeder Lebenslage Halt und Zuversicht. Und das erhebende Geläut an Feiertagen verkündet, dass das Leben ein Fest ist.

Ob das der Alte wohl auch so empfindet, der da im Ems-Einkaufszentrum nun schon über eine Stunde allein auf der Bank an der Rolltreppe sitzt, indes beschwingt die Klingglöckchen aus versteckten Lautsprechern bimmelnd klingeln. Hört überhaupt jemand das weihnachtlich anmutende Klingglöckchengedudel in dieser immerhin vierten Adventswoche? Von ihm, dem Alten, könnte man das meinen. Kopf auf die Hände gestützt, die, mittig zwischen den Beinen, seinen Krückstock halten, schaut er stumm vor sich. Nur ab und an geht sein Blick ziellos durch die glitzernd funkelnde Wüstenei dieser schillernden Scheinwelt hindurch, in der huschende Artikelhäscher scheinbar unentwegt auf dem Sprung nach dem Besonderen sind. Obwohl süßer die Glocken nie klingen, sind sie in dieser geschäftigen Geräuschkulisse kaum wahrzunehmen.

Dafür umschlendern ihn, den Alten, quengelnde Kinder, elegante Kaufleute, klüngelige Strubbenickel (nachlässig gekleidete Herumtreiber), wehrige Nervensägen, Schlenderschlakse, Halbstarke, tätowierte Individualisten, schlürfende Grauköpfe, Rollatorschieber, Pröffkes (untersetzte, stämmige Auftreter), aufgeplusterte Frauenzimmer, pumps-trippelnde Ladys, Hinkebeine, Hunde an der Leine, Schlawiner, Hahnemänner, vollbusige Flittchen, Uniformierte, Promovierte und Schminkverschmierte, Angestellte, Gesellen, außergewöhnliche Gesellinnen und was sich da sonst nicht noch so alles im Ems-Einkaufszentrum zur besten Geschäftszeit tummelt. In Scharen wird Rolltreppe gefahren, aufzugpendelnd hin und her getändelt, gewunken und gehoben, getrödelt und geschoben.

In eins damit wabert eine Stimmenbrause, Sing-sang, vager Klang, emsferne Wortfetzen, Melodien von weiß Gott woher, ob mit Violinenschwall oder Dudelsackechohall, allerlei Gejamke und Geplärr und was weiß ich noch mehr. Maulig oder froh, mit Gesten und Hallo, mit Händen und mit Füßen: Kannitverstann lässt grüßen.

Oben flittern in LED-Leuchten unablässig bunte Bilder. Dazwischen grell in XXL: *Unsere exklusiven Weihnachtsangebote, Wünsche werden wahr, Weihnachtszauber, Laternenglanz, Sternenstaub, Winterweihnachtsduft ...*

Wenn ich mir ihn auf der Bank so ansehe, frage ich mich, ob auch nur etwas von all dem Winterweihnachtszauber den Alten wohl erreicht? Sein Blick verrät nichts. Nur hin und wieder wippt und wiegt er seinen Krückstock unmerklich ein wenig hin und her, wenn es klingt: *Jingle Bells, Winter in Canada, Alle Jahre wieder, Fröhöliche Weihnacht überall* ... Ich denke an Mexiko und intoniere im Geiste *Feliz Navidad* ...

O Gott, wie verflacht das alles. Was haben wir aus Weihnachten nur gemacht?

Der Alte schaut auf. *Fröhöliche Weihnacht*? Er schaut, als wolle er fragen: „Was ist das hier überhaupt für eine Weihnacht?“ Er reibt sich sein Kinn. Als er Kind war, wurde im Advent noch bis zum Heiligabend hin gefastet. Da gab es zwischendurch vielleicht mal gegen Abend einen Bratapfel. Hmm … Das war was! In der Abenddämmerung, im Zweidunkel, an der heißen Herdplatte der alten Kochmaschine sitzen. Da sah und hörte man einen roten Boskop zischen und blubbern, bis man ihn lechzend roch und „soppend“ schmeckte.

Oben an der Reklametafel leuchtet auf: *Winterweihnachtsduft*. Gemeint ist aber ein teures Eau de Toilette. Nichts mit Bratäpfeln. Dafür ein Geruchsallerlei aus Waffelschwasen, Pizza, Peking-Ente, Pommes und Parfüm. Es scheint, der Alte holt tief Luft, so als suche er durch den Mischmaschgeruch ein wenig Bratapfelaroma. Backheiße Boskop, mit Zimt, weichen Rosinen und … Gibt es einen behaglicheren Winterweihnachtsduft? Und als sollten auch noch die Glocken ausgehängt werden, swingt es *Kling Glöckchen klingelingeling*. Verkehrte Welt. Und doch …

Der Alte reckt sich und schaut auf einmal auf. Aber so, als falle er gleich wieder in sich zusammen, stützt er sich erneut auf seinen Krückstock. Es scheint, so wird er da noch wohl lange sitzen, in diesem Konsumrefugium, wo „Wünsche wahr werden“.

Wo könnte er bei diesem Wetter auch sonst hin mit seinem Rheuma? Mehr noch. Frau gestorben. Kinder längst aus dem Haus. Und die Rente gibt nicht viel her. Hier aber lässt's sich noch soeben warm und geschützt aushalten. Einmal all die Pröbchen so durch, das spart schon fast eine Mahlzeit. Toilette, warmes Wasser und Seife sind auch gratis.

Was mehr? Anspruchsvoll war er noch nie. Und das Fasten um diese Zeit ist er noch von früher her gewohnt. Drum will er sich wohl auch nicht beklagen. Wenn nur diese leckeren Bratäpfel nicht wären … Ja, dieser *Winterweihnachtsduft* ist noch unverfälscht in ihm. Und wenn er gleich heimschlendert, läuten wenigstens echt um sechs die Abendglocken, ohne Begleitmusik.

Wenigstens das noch.

Oh je, mir scheint, seine Augen sind ihm feucht geworden. Ich gehe mal zu ihm.

Voll und ganz zeitgemäß

Irgendwann gibt es eine Zeit,
die scheint wie aus der Zeit gefallen,
da sind wir unversehens mit uns allein.

So ein Zeitabschnitt
ist wie ein Abschnitt der Zeit,
nichts scheint mehr zeitgemäß.

Dann ist es besser,
etwas zu ertragen, statt sich zu beschweren.
Dann ist es mutiger,
sich zu fügen, als sich zu behaupten.
Dann ist es hilfreicher,
innezuhalten, statt weiterzumachen.

Dann ist es sinnvoller,
zu schweigen, als zu reden.
Dann ist Abschied Aufbruch.
Das ist dann irgendwann voll und ganz zeitgemäß.

Molldurchsummte alte Räume

Dunklen Nächten wird nachgesagt, sie seien besonders hellhörig. In einem Sprichwort heißt es gar, dunkle Nächte wüssten viel zu erzählen. Und obendrein könnte das leise Rauschen an Flüssen in dunklen Nächten geradezu berauschend wirken. Um solche Erfahrungen zu machen, braucht es in der Stille eine innere Hellhörigkeit. Ähnlich berühren auch alte Gemäuer den seelischen Sensus.

Beim Durchschreiten eines alten Hauses sagte mir einmal ein Architekt, der gleichzeitig als Pianist bekannt war: „Alte Häuser sind besonders hellhörig. Bist du still, merkst du, sie sprechen dich an." Man nehme wahr, dass jedes Haus seinen eigenen Charakter hat. Das lasse tief durchatmen. Und beim Lauschen in die Stille schwinge und klinge da etwas zwischen Menschen und Mauern. In Moll. Dur passe nicht zu einem alten Haus. Wie die Flüsse in der Nacht, seien alte Räume moll-durchsummt. Ja, sie förderten luzide Träume, diese molldurchsummten, alten Räume.

Ich konnte das einmal deutlich nachempfinden. Moll umstreichelt die Melancholie. Da ist dann sogar die stille Wehmut willkommen, weil sie ein Abglanz der Dankbarkeit ist. Es ist dann, als würden, pianissimo, Herz und Seele umschmust.

So wie es viele Flüsse gibt, gibt es auch viele Häuser, solche und solche. So wie nicht alles bloß Wasser ist, ist auch nicht alles bloß Stein. Man sitze nur einmal stumm am Wasser. Man gehe nur einmal stumm durch ein altes Haus. Man fühlt, dass sich da etwas bewegt. Allein in einem alten Haus spürt man den Charakter des Hauses; eine eigene Schwingung vermittelt eine einmalige Stimmung.

Ich werde nie vergessen, wie ich vor Jahren das letzte Mal allein durch mein Elternhaus ging, bevor ich es für immer abschloss. Annähernd feierlich ging ich, Schritt für Schritt von einem Raum durch den anderen. Im Haus war es still. Ganz still. Und doch durchdrangen hin und wieder, pianissimo, tonlose Geräusche diese Stille. Oder waren es akustische Illusionen?

Im ehemaligen Wohnzimmer knarrte das matte Parkett, einst samstags immer frisch gebohnert und mit dem Bohnerbesen auf Hochglanz gebracht. Durch die Ritzen der Fensterläden zeigten sich die kahlen Wände. Kleine, kaum sichtbare dunkle Mikrolöcher, wo einst Bilder hingen. Nur noch das Thermometer hing an der Seite, wo ehedem das wohlklingende Schimmel-Klavier stand. Keine akustische Illusion: *Beethoven, Für Elise, a-Moll*. Es erklang in mir. Ich hörte mir bis zum Ende zu, gut vier Minuten. Soviel Zeit musste an dieser Stelle noch einmal sein. Dann schüttelte ich mich.

Ich zog das Rollo hoch und schaute hinaus auf die altehrwürdige Thiekapelle, fast nebenan, da wo die Nachbarn vor Jahren den Schmerzhaften Rosenkranz am Abend vor der Beerdigung meiner Eltern gebetet hatten, da, wo im Mai die Nachbarn zu den abendlichen Maiandachten zusammenkamen, da …

Lange ist es her. Vorbei. Dabei erinnerte ich mich, als sei es gestern gewesen. Starr ging mein Blick nach draußen. Ich merkte, wie ich schluckte. Ich gab mir einen Ruck und – rums – ließ ich den Rollladen herunter. Huh, wie das durch das leere Haus hallte. Und wie dunkel es plötzlich war. Schnell die Tür zu.

Ich schritt, nein, ich ging nicht, ich schritt in die Küche. Kein Herd, kein Tisch, kein … gar nichts mehr. Doch. Eine Fliege. Arme Fliege. Ich ließ sie allein und durchschritt den

Flur mit den hellgelben Solnhofer Bodenfliesen. Von dort die Holztreppe knarzend hoch ins Obergeschoss, da, wo ich einst mein Zimmer hatte und schon mal ein Einbrecher kurz nach Mitternacht gespenstisch mit der Taschenlampe neben meinem Bett still stand. Ob er noch wohl lebt?

Es erschien mir hier oben nun alles noch stiller als unten. Doch still, was ist schon „richtig" still? Ich öffnete die Balkontür und ging mit einem vorsichtigen Schritt bis zum Brüstungsgeländer. Ich stützte mich ab und schaute versonnen in den Garten. Dort sang im alten Apfelbaum, *Dülmener Rose,* eine Amsel. Sang sie mir Adé? Ich atmete einmal tief durch. Dann drehte ich mich um zur Balkontür und schloss sie.

Ein Blick noch in mein Jugendzimmer. Leer. Nichts mehr da. Auch ich nun gleich nicht mehr. Ich musste gehen. Ich erinnerte mich eines markanten Satzes: „Jeder Abschied ist ein Stirb- und Werdeprozess."

Ich ließ „meine" Zimmertür angelehnt und ging bedächtig langsam die Treppe hinunter. Unten blieb ich stehen und schaute mich noch einmal um. Ich lauschte. Nichts. Auch die Amsel war nicht mehr zu hören. Sie war wohl auch schon weg. Adé.

Wenigstens einmal noch die Klingel drücken? Das ging nicht mehr. Der Strom war abgestellt. Eher ich nun für immer hinaus- und fortging, nahm ich noch einmal bewusst den vertrauten Geruch des Hauses wahr. Ich atmete tief durch. Hmm ... Es roch noch immer so wie einst.

Und dann: Bumm ... Die Tür war zu. Das Bumm sitzt mir noch immer tief.

M.P.

An der Ems, da lässt sich's leben

Wir zieh'n gesammelt uns're Bahn,
wie emsdurchschleust so mancher Kahn.
Sind wir auch stur wohl mal, verschlossen,
sind gerade dann wir unverdrossen!

Doch schätzen wir auch jederzeit
emsheitere Gemütlichkeit:
Ob Döönken oder Minnemär,
ob wenig Worte oder mehr,

ob spaßig oder sachte an,
zuweilen wohl auch mit Gesang.
Doch ebenso wird gern geschwiegen,
um Schwieriges gut hinzukriegen.

Ach, was soll die Rederei,
am besten ist, man ist dabei.
Dann zeigt sich's, ohne anzugeben:
An der Ems, da lässt sich's leben.